TAKE
SHOBO

イケメン兄弟から迫られていますが
なんら問題ありません。

兎山もなか

ILLUSTRATION
SHABON

イケメン兄弟から迫られていますがなんら問題ありません。

CONTENTS

イラスト／SHABON

イケメン兄弟から迫られていますがなんら問題ありません。

Presented by
Monaka Toyama
and SHABON

1. 難攻不落の潮見さん

潮見礼(しおみれい)は、もう選んでいた。

「午後から来る得意先なんだけど、お茶じゃなくてコーヒー出してもらえるかな」

「わかりました」

会議室の広さを確認しに来た眞野一臣(まのいちおみ)は、礼の顔をじっと見たまま、なかなか立ち去ろうとしない。

「……眞野主任？」

「実は今日、結構重ためのプレゼンなんだ」

「はぁ」

〝そうですか〟と答えて、礼は他になんと言えばいいんだろうと迷ってから、付け足すように言った。

「頑張ってください」

「相変わらず笑わないね」

そう言って彼は柔らかく笑う。こんな笑顔を向けられたら、社内の女性陣は黄色い声で色めきたつんだろう。それとも、自分も赤面くらいすべきなんだろうか？　でも自分で意識的に顔を赤くすることとなんてできないし……。

彼は上座の椅子に腰かけて、頬杖をついて宙を眺める。

「ほんとは、下座のほうが外の景色が見えていいんだけどな。でもまぁ眩しいか？」

「眩しいと思いますよ。それに、プレゼンが始まればブラインドは下げるでしょう？」

「あぁたしかに」

納得したようだ。これでやっとフロアに戻るだろう。そう思って会議室のドアを開けようとしたが、彼はまだ立ち上がらない。

「礼」

不意に下の名前を呼ばれて、礼は怪訝な顔をした。しれっとした顔でいる彼を睨む。

「……なんです」

「ちょっとこっち来て」

仕方なく、言われるがまま上座の席まで歩いていく。ふかふかの移動式チェアで脚を組む彼は、そんな礼を柔らかな目で見ていた。

「なんでしょうか」

すぐそばに立つと彼を見下ろしているようで、礼はなんだか落ちつかない気持ちになる。

眼鏡の奥の落ちついた目の色を少しも変えないで、彼は言った。

「キスしてくれたら、プレゼンうまくいくかも」

「……」

「なんちゃって」

なんちゃって、なんてまもなく三十路（みそじ）の男が言ったらいけないと思う。

「さて、そろそろお迎えの準備しないとな……。……礼？」

立ち上がろうとした彼は、立ち上がれずに目を見開いた。座ったまま少し顔を傾け、それからゆっくりと目を閉じる。


礼が、屈んでキスをしたから。


触れるだけのキスから隙をつくように舌を入れて絡めると、彼もそれに応えた。途中で眼鏡が邪魔になったから勝手にはずし、太い首に腕をまわしてより深く口内を探る。

彼の手が礼の腰を抱いて、数十秒。しっかりと濃厚な口付けを交わして、礼は体を離し、すっと背筋を伸ばした。名残惜しそうに目を細めた彼に問いかける。

「……なんです？」

「意外。本当にすると思わなかった」

「何言ってるんですか、ちゃっかり応えておいて。……それに、キス一つで物事がうまくまわるならお安いものです」

「悪い女だ」

笑って、彼はもう一度キスするために礼の腕を掴もうとした。伸びてきた手をすり抜け、その手にそっと眼鏡を返す。

「もう終わり」

「えー」

「これでプレゼン失敗するとかありえないですよね？」

「手厳しい……」

降参、と彼は苦笑してやっと席を立ち上がった。もうすぐ得意先が到着する。

先にドアへと向かいながら、礼はさっきのキスではみ出たグロスをそっと指でぬぐった。

先に部屋を出る前に振り返る。

「キス、お上手ですね、主任。さすがです」

そう言ってやると彼は面食らった顔をした。


礼が受付として働くタイド薬品は二十階建ての自社ビルの中に入っている。一階から十階までは商業施設やグループ会社が入り、十一階から上をタイド薬品が占めている。機密情報だらけでカードキーがなければ入れない研究開発室が十一階から十四階にあり、礼がいる受付と、眞野一臣が所属するマーケティング部・製品企画グループは十五階にある。

応接室と会議室が並ぶ空間と、その入り口に設置されている受付スペースが礼の活動範囲。卸先や調査会社、広告会社に、商品のパッケージを印刷する印刷業者。一日の来客数が意外と多く、決して楽ではないが、気持ちよく働いていている（顔には出ないだけで）。


「あ、お帰りなさーい潮見さん。主任の確認長かったですね」

受付の席で隣に座る北原麻友香（きたはらまゆか）はのんびりとした声でそう言った。ふわふわの栗毛におっとりとした雰囲気の癒し系受付嬢。麻友香とは対照的なきりっとした雰囲気で、礼は答える。

「少し、先方が座られる位置を最後まで悩まれていて」

「あー、主任、そういうところありますよねー。クライアントファーストが徹底してるというか……〝お気遣い紳士〟って感じで素敵です」

「そうですね」

不自然じゃない程度の間合いで相槌を打つ。こうやって今まで何度、彼を褒める言葉を肯定してきたかわからない。

「今日は販売会社へのプレゼンですもんね。製品企画の皆さん、帰ったのは深夜一時だって言ってました。そんな時間に帰って朝出社なんてできないですよー！」

嘆く麻友香の隣で、礼は昨日の真夜中に家へと帰ってきた主任……さっきまで一緒にいた一臣のことを思い出す。

彼が今日これから販売会社にプレゼンする新製品は、一般消費者へのインタビューから着想を得た新発想の健康食品。製品化を主導してきた製品企画グループの面々は、連日の深夜残業で死屍累々。一臣はそのチームのリーダーだ。

昨晩一臣が帰宅したのは深夜三時だった。帰ってきたときは〝眠すぎて死ぬ〟と言っていたのに、朝七時にはクマひとつない爽やかな顔をしてリビングで朝食を食べていた。立派だけど、どうなっているんだろう？　彼の身体は。礼は不思議に思った。


程なくして、得意先である販売会社の重鎮たちがやってきて、受付にまで厳粛な空気が流れる。タイド薬品の経営陣も続々と会議室に入っていく。礼は、今日この面々を前にプレゼンをする一臣のことが少しだけ気になった。

会社で一番広い会議室で、麻友香と一緒にコーヒーを配っていく。厳粛な空気ではあるが、目の前にコーヒーを差し出せば、人によっては〝ありがとう〟と微笑んでくれる。一臣の前にもコーヒーを置いた。プレゼン本番前で緊張しているのか、何も反応がない……と、思ったら。

（……余裕なのね）

こっそり顔色を窺うと、気がついた一臣はぺろりと舌舐めずりをして見せた。その仕草に、さっき激しい口付けを交わした唇を意識する。熱い唇の隙間から欲しがるように伸ばされる舌。絡めとられる口の中。……要らない心配だったみたい。

会議室の扉が閉まる。

失敗するはずがない。そもそも彼は、二十九という若さで社の大事な新製品プレゼンを任されるプレゼンの名手だ。本当はキスなんて必要なかったに違いない。もう一度さっきのキスを思い出す。慣れた行為に必死さとかときめきはない。じゃああそこには何があったのか。舌を絡めて何が得られたのか。わからないけど、あの場はああすべきだと思った。

二時間が過ぎて、会議室の扉が開いた。中からぞろぞろと出てくるタイド薬品の経営陣とアテンドされる販売会社の面々。人の波がエレベーターホールへと流れていく。受付から麻友香と二人、ありがとうございました、と頭を下げていた。

二人が会議室でコーヒーを片付けていると、エレベーターホールで一行を見送った一臣が戻ってくる。

「あ、眞野主任。部屋は片付けておきますから大丈夫ですよ」

「あぁ、悪いね。ありがとう北原さん、助かる」

そう言って彼は飲み残したコーヒーをぐっとあおった。空になった紙コップを礼に渡してくる。

「潮見さんもありがとう。お陰で販売即決した」

「そうですか」

返事をしてから、これじゃあまりに素っ気ないかと思い直して「それは良かったです。お疲れさまでした」と付け足す。「やっぱり笑わないんだね」と笑われて、マーケティング部へと戻っていく一臣を見送った。今日はやけに笑わないことを指摘してくる。そんなの別に今に始まったことじゃないのに。

「はー……やっぱり格好いいな眞野主任。さすが社内抱かれたい男ナンバーワン、って感じです。お礼一つ言うのにあのセクシーさ……たまりませんね！」

「そうですね」

「潮見さん心がこもってません！」

「……」

受付の業務は基本的に夕方六時で終わる。更衣室で私服に着替えながら礼は、今日はどうしようかと迷って、まっすぐ帰ることにした。

会社の最寄り駅から電車を乗り継ぎ四十五分。徒歩で十五分ほど坂道を登ったところに礼の住む家がある。趣のある日本家屋。初見ならば、一体どんな身分の高い人が住んでいるんだろう？　と、想像せずにはいられない佇まい。

筆文字で〝眞野〟と書かれた表札がかかるその屋敷の敷地を、礼は門の呼び鈴を鳴らすことなくずんずんと突き進んでいく。広い庭を抜けて。肩にかけていた鞄の中から鍵を取り出し、引き戸を開ける。そして一歩玄関の中へ入ると、どうしても抜けきらない癖で言った。

「ただいま戻りました」

大きい声を出すのは得意じゃない。でもこれはもう習慣だから、声を出すとき自然とお腹に力が入る。言い終えて、よし、と一息ついたら靴を脱いで、そろえて置いて。長い廊下に足をかけたところで、奥の台所から侑太が顔を覗かせる。

「おかえり」

それだけ言って綺麗な顔を台所に引っ込ませた。匂いからして、たぶんシチューをつくっている。

眞野侑太。つい最近大学を卒業したばかりの、一臣の弟。

二階の端っこにある自室で部屋着に着替えて、リビングへ下りてテーブルにつく。するとタイミングを見計らったようにビーフシチューが目の前に出される。香(かぐわ)しい匂い。具だくさんのシチューをじっと見つめて、礼は言った。

「……あのね、侑太」

「なに?」

表情に乏しい、切れ長の目の端正な顔が聞き返してくる。

「私、シチューは大好きだけど」

「知ってるよ。礼ちゃん、子どものときから大好物じゃん。シチュー」

「あの、でもね。さすがに四日連続シチューはちょっと……」

カレーだって二日目のカレーが美味しいのであって。寝かせるのは大いに構わないけれど、こうも連続して与えられると……。好物も好物なのかよくわからなくなってくる。

「そんな文句言ったって、残さず食べてくれるくせに」

「……」

そんなかわいいことを、少しも表情を変えずに言うものだから困る。この年下男子にどう突っ込むのが正解なのか。一緒に暮らし始めてもう長いが、未だに礼はつかめずにいた。それに彼の言う通り、自分は残さず食べるだろう。シチューも四日目だということを除けば、侑太の手料理は文句なしで美味しい。料理は本来ならば礼がするべき仕事だった。きっと自分は怒られてしまうなぁ、と。そんなことをぼんやり考えながら、いただきます、と手を合わせた。

礼がシチューを食べていると、侑太はテーブルの向かいで頬杖をついて、じっと見つめてくる。ニコニコするわけでもなく、見透かすような目で見るから礼は気になった。

「……なに？　見られてると食べにくいよ」

「おいしい？」

「うん」

「礼ちゃんエロい食べ方するよね」

「……食べ方にエロいとかある？」

よくわからないなと思いながらスルーする。そんな発言にいちいち食事を中断しない。食事中その切れ長の目にたっぷり見つめられながら、礼はシチューをぺろりと食べ終える。ちょうどその頃、引き戸がカラカラと開く音がした。

「ただいま」

一臣だ。声がしてから十数秒後。リビングに現れた彼は、先ほど会社で会ったときと同じすらりとしたスーツ姿。眼鏡の奥の優しげな目。会社で人気の眞野主任。

「おかえりなさい」

礼がそう言うのと同時に侑太が立ち上がり、一臣のシチューの準備に取りかかる。

「ただいま潮見さん」

一臣は少しも疲れを見せず、笑って礼をそう呼んだ。

「一臣くん、私より先に会社出てたよね？」

礼の質問に一臣は微笑む。そんなに飲んでいるようには見えないけれど、なんだか機嫌が良さそうだ。

「定時に新製品チーム全員で会社から出ていったと思ったら……飲みにいってたのね」

「一杯だけだよ。打ち上げしたいってみんな聞かないから」

「みんな寝てないんだから早く帰って寝たらいいのに……」

「今日はあいつらちょっとハイなんだ。販売決まったのが嬉しくて。研究部門からは〝絶対に販売許可が下りない〟って見下されてたからなぁ……」

そう話しながら一臣は、立ち上がった礼にジャケットを預けた。受けとった礼はそれをハンガーに通して壁にかける。

プレゼンを成功させた本日の立て役者は、それはもう持て囃（はや）されたことだろう。〝一杯だけ〟っていうのはきっと嘘だなと礼は思う。短時間で切り上げたにせよ、何杯も飲まされたに違いない。一臣はいつもこっそりと酔っ払う。

彼がテーブルにつくと、侑太はまたタイミングよくテーブルにシチューを置いた。

「おぉー……」

またシチュー……とまでは、一臣は言葉にしない。一瞬固まったものの、それでも嬉しそうに〝いただきます〟と言ってシチューに手をつけた。

「……お酒が入ってるから上機嫌なの？」

「違うよ。だから飲んだのは一杯だけだって」

「ふーん……」

「なんで機嫌いいかわかる？」

「わかんない」

　一臣はまた人懐こく笑って言う。

「だってさ……会社では〝主任〟呼びで、家に帰ったら〝一臣くん〟って。あらためて考えると最高だなーと思って。超萌える」

「……」

　礼がげんなりした顔で黙っていると侑太が口に出した。

「一兄（いちにい）きもい」

「うるさいよ侑太」

　三人は少しずつ歳が離れている。今年誕生日がくれば、一臣は三十歳になる。礼は二十八歳に。侑太はもう少し離れていて、二十三歳に。礼はワケあって小学生の頃から二人と一緒にこの家で暮らしていた。昔からの付き合いの延長線で、礼は一臣のことを〝くん〟

付けで呼ぶし、侑太のことを呼び捨てにしている。

一臣が食事を始めた傍から侑太は洗い物を始めた。鍋をシンクに置いたところを見ると、シチューは四日目で終わりだったらしい。シャツの袖をまくる姿に、ほんとによくできた弟だなぁと感心してしまう。シンクに水を流す音がしだして、食事を終えた自分は何をしようかと、部屋を見回しながらその場を離れようとしたとき、そっと一臣が礼の手を摑んだ。

「……なに？　どうかした？」

一臣はもぐもぐと口を動かして飲み込んでから、少し強い力で礼の手を引いた。礼はよろけながら、彼の間近へと寄る。さっき自分も食べたシチューと、仄かにお酒の香り。背を向けて洗い物をする侑太に聞こえない、ぎりぎりに抑えた声で一臣は囁いた。

「そりゃ機嫌よくもなるって」

「……」

「あんなすごいキス、会社でされたら」

ぱっと離れる。礼は顔を赤くして照れたりなんかしない。それでも彼は満足したように笑って食事に戻る。こんなに調子にのらせてしまうなら、キスなんてするんじゃなかった。

どうして眞野兄弟と一緒に暮らし始めることになったのか、実のところ礼は今でもよくわかっていない。本当の家族同然に育った二人のことは特別に思っているし、よく知る二人と一緒にいるのは心地いい。だから、今更離れて暮らしたいというわけではないのだが。

〝あたしと一緒に来るかい？〟

懐かしい声を思い出す。自分をこの家に連れてきたその人の、声も顔もまだ鮮明に思い出せるのに。どうして自分がここに連れてこられたのか、礼はやっぱりわからないのだ。そんなことを考えながら、入浴を済ませた礼はベッドの中に入って、うつらうつらとしていた。――もう選んでいる。ぼんやりとした意識の中で、それだけは強く確かに思う。

「ん……」

何かこそばゆい気がして身をよじった。覚醒しきらない頭で、いつの間にか眠ってしまったみたいだと理解しながら、遅れて自分のものではない体温に気付く。布団の中で、後ろから抱きしめられている。顔は見えなくても匂いで誰だかわかった。

「……侑太？」

「ごめん、起こした」

彼の少し掠れた声はいつも通りだけど。この状況は、まったくいつも通りじゃない。

「どうしたの？　なんで布団の中に……」

背後からしっかりと礼のお腹にまわされた手は、いつどこに触れてもおかしくなくて、落ちつかない。パジャマを着ていてもそれじゃ心もとない。

「夜くらい俺にくれたっていいでしょ」

「……え？」

「昼は会社で一兄といるんだから、夜は俺に頂戴よ」

そう言って侑太は、後ろから首筋を食んできた。

「っ」

声が漏れそうになるのをとっさに抑える。ぴちゃぴちゃと湿った唇が這う。

「さっき小声で話してたよね。〝あんなすごいキス〟って、何？　したの？　一兄と」

「……」

ぐっと抑えた声は、怒っているのかどうかもよくわからない。表情を窺おうと後ろを向こうとするけれど、後ろから抱きしめる手がそれを許してくれない。もう何年も前に、とっくに侑太は礼が太刀打ちできない大人の体格になっていた。

質問に答えずにいると、大きな手はどんどん際どいところに触れてくる。パジャマの下から入ってきてごそごそと探る手は、胸には触れないけれど乳房の下のラインをなぞった。

「ん……ッ、侑太まさか……欲情してるの……？」

「するよ、普通に……。礼ちゃんどんどん美味しそうになるし」

何を考えているのかわからない、少しハスキーな声が鼓膜によく響く。血の繋がった兄弟でも一臣とはまた違った声質で、こんなに耳元で囁かれるのはちょっとまずいな、と思ってしまう声。

胸には触れない。乳房の真横を撫でるように、ずっと際どいところを指先が行き来する。

「……俺、たぶん一兄より巧いよ？」

そう言いながら後ろから、パジャマのボタンを上から二つ器用にはずして礼の肩をあらわにする。さっきまで首筋にキスしていた唇が、滑るように肩へと移動する。

「……侑太は遊んでるもんね？」

「そうでもない」

「ん……もう、やめて」

わざと水っぽい音をたてて何度も肩にキスを落としてくる。細長い指が微妙なラインに触れて、反応を楽しんでいる。ほんとに、遊び慣れているにも程がある。――だけどなんだかんだ、礼は油断していたのだ。侑太がこれ以上してくることはないだろう、と。

次の瞬間、侑太の指先は一線を越えるように胸の突起に触れる。

「やめっ、んぁっ……！」

「だめ。……ほら、乳首勃ってるよ？」

「あッ……」

慌てて手のひらで自分の口を覆う。侑太が両手の指先でそれぞれ胸の先端を下から掬うようにして捏ねまわす。礼は動揺していた。これまでにも冗談のように体を触られたことはあった。だけどこんな……冗談で済まない部分を触られたことはなかった。

──食べられる。

「……ねぇ、侑太」

「なに？」

我慢できなくなってきた？　とハスキーな声で訊いてくる。自分の声が武器になることを知っていて、意図的に調整された声。いつのまにこんなにあざとくなって……。

「我慢できないのは侑太のほうなんじゃない？」

びりびりとした甘い痺れを与えてくる指先からなるべく意識を遠ざけながら、後ろにすっと手を伸ばした。侑太の膨らんだところにそっと触れると、耳の後ろで息が詰まる気配。

「っ……意外。礼ちゃんがのってくれるなんて思わなかった……」

「……侑太。そっち向いてもいい？」

「いいよ」

少し緩められた腕の中で寝返りをうつ。侑太は、相変わらず綺麗な顔でこちらを見ていた。無表情の中に少しだけ楽しそうな気分が窺える。

「……触るの、やめないで」

また耳元に唇を寄せてそう囁くものだから、礼は顔を上げて、誘いに乗るようにふっと微笑んだ。今度は礼が侑太の耳に唇を寄せる。

「こんなにガチガチにして……変態」

「そんなこと言うんだ……？　やばい、興奮する。下も触りたい……」

「……あのね、侑太」

「なに？　……ん？　ちょっ……痛い！　痛い礼ちゃんやめてまじで！　それ、っ、ほんと痛いから!!」

ぐぐ、と力の限りソレを握りしめていた手をぱっと放す。

さっきまで澄ましていた侑太の顔は痛みと驚きで歪み、最後には青ざめていた。

「信じられない……礼ちゃん、それはないわ……」

握りつぶされるかと思った、と、ほんとに痛かったのか息を荒げている。

「次布団に入ってきたらやめてあげないから。不能にしちゃうかも」

覚悟ができたら来てもいいよ、と言うと、侑太はぶすっとした顔になる。

眞野兄弟との同棲は危険でいっぱいです。何をされるかわからない。だけど問題ありません。――私はもう、とっくに選んでいるので。

＊

眞野家の朝は規則正しい。きっちり全員そろって朝食をとるのが暗黙のルールとなっていた。それはたとえ、一臣が前の夜にどれだけ残業をしても。たとえ、侑太が夜遊びをして明け方に帰ってきたとしても。朝七時には全員そろって朝食をとる。

朝食の準備は基本的に礼の仕事だった。涼しい顔で食卓に現れた一臣と、昨晩の一件のせいだろうか、無表情でも若干機嫌が悪そうな侑太の前に、それぞれ食事を用意する。ご飯に味噌汁、鮭に卵焼き。礼が準備をする間、眞野兄弟は言葉を交わさない。一臣は新聞を読み、侑太は頬杖をつきながらスマホをいじっていた。

礼がすべて準備を終えて席につくと、二人ともそれぞれ新聞とスマホを横によける。礼が手を合わせて「いただきます」と言うと「いただきます」と言う。兄弟そろって従順だなーと感じながら豆腐の味噌汁をすすった。

でもこれはもう、習慣として体に染み付いているからに違いない。どれだけ機嫌が悪くても、例えばケンカをしていても、息を吸うように三人は一緒に朝食をとるだろう。

ずっとは続かないけれど、続く限りは守らなければならないこの生活。だからあんな夜中に、侑太にいいようにされている場合ではないのだ。

「……侑太は、今日どうしてるの？」

まだ若干機嫌が悪いように見える彼にそう尋ねてみると、いつもと変わらないトーンの声が返ってくる。

「二度寝するよ。果てしない社会人生活が始まる前に睡眠を貪る」

「ふーん……。結局、卒業旅行とか行かなかったんだね？」

「泊まりは疲れるからね」

「……」

こんなことで侑太は大学生活を楽しめたんだろうか。ちょっと不安になった。

「まぁ、すぐ四月だし」

春になれば、侑太もタイド薬品の社員になる。兄弟がいるところにわざわざ就職するだろうかと思い、散々侑太を問い詰めたけれど、はっきりとした答えは聞き出せなかった。

「一臣くん、弟が入社するんですって言ってないんだね。まったく噂になってないし」

「言わないだろそんなこと、わざわざ。入社してからも黙ってるよ」

「そうなの？」

「俺もそのほうがいい」

「そう……？」

そんなものかしら、とよくわからなくなりながら、二人を交互に見るとどちらも同じタイミングで味噌汁を飲んでいた。仲がいいかは別にしても、やっぱり兄弟だ。

「……あ。一臣くん、スマホ。電話機のところに置いてるの忘れちゃだめだよ」

「あ、今のちょっと嫁っぽくていい……」

「……」

「きもい」

「うるさい侑太」

「……このくだり夜も朝も必要？」

眞野家の朝の食卓は、静かに騒がしい。


朝食を終えたら身支度をして家を出る。先に一臣が玄関を出て、少し遅れて礼が出る。玄関で靴を履いていると侑太に呼び止められた。

「礼ちゃん」

「なに？　もしかして何か忘れ物してる……？」

靴を履いて立ち上がったところで振り返ると、肩を抱かれて。思ったより侑太の顔が間近にあって、キスをされた。

「……」

「……これくらい許してよね」

侑太の無表情な顔が、べぇっと舌を出してすぐ離れていった。行ってらっしゃい、と言われて、あぁ、うん、となんとなく返事をして家を出た。

完全なる不意打ちに何も反応できなかったのは、朝の未だ覚醒しきらない頭のせいだ。三人の中で、実は礼が一番朝に弱い。早朝のうちは気をつけないとと思っていると、門の外で一臣が待っていた。なぜ、という顔をした礼を見て彼は笑う。

「たまには一緒に行こうかと思って」

「行きません。おはようございます、眞野主任」

「切り替え早すぎじゃない？」

「家を出た瞬間から他人です」

「徹底してる……」

そう言いながら、駅までの坂は一本道なので一緒に下るしかない。

「潮見さん」

「なんですか？」

「その会社モードで一臣くんって呼んで」

「セクハラ委員会に訴えます」

「ごめん待って」

一臣は礼にあわせて歩幅を狭くした。長い長い坂道を下る。数えきれないほど思い出がある坂道を、下る。

電車に乗り込むときに自然と距離をとって、そこからは完全に別行動になった。満員電車の人の壁に隔てられて、〝眞野主任〟と〝潮見さん〟の正しい距離になる。電車を降りるともう一臣の姿は見えなくなっていた。


会社に着いたら、まず更衣室で制服に着替える。胸のリボンを結んで、受付に出るとちょうど一臣が来ていた。麻友香と何か楽しそうに話している。

「あ、おはよう潮見さん」

今日何度目かのおはようを違和感なく言うから、一臣とはうまく関係を隠してやっていける。侑太はどうだろう？　無表情だから大丈夫だろうか。

「おはようございます」

それだけそっけなく返して受付の席につく。一臣と麻友香は、何を話してたんだっけ？と首を傾げあっていた。

「あぁそうだ、会議室の予約に来たんだよ」

「そんなの電話くださったらお部屋とるのに！　主任くらいですよ、わざわざ来てくださるの～」

「だって顔見たいじゃない」

　えー照れます！　と麻友香がはしゃぐのに微笑みかけながら、一臣は礼の目を見て笑った。眼鏡の奥で光るもの。

（ばか。）

　心の中でそう罵って視線をはがす。顔なんて家でも嫌になるほど見てるのに。

「三時から東水広告社の松原さん。先方一名で、俺と二人だから広い部屋じゃなくていいや」

「わ、松原さんお久しぶりですね！　わかりました。第三会議室お取りしておきます―」

　そう言って麻友香はボードにチェックをいれる。礼はもう決して目を合わせないけれど、こめかみに注がれる視線を感じて、それが煩わしかった。

　午前中は珍しく来客が少なかった。受付は麻友香に任せ、午後から使われる会議室のセッティングや、備品の補充、受付スペースの掃除をしていると時間はすぐに過ぎていく。昼食を済ませて、午後からは総務部から急遽依頼が飛んできた製品説明会の資料作成を手伝う。三月も末のこの時期はどこも忙しい。だから来客も少ないのかもしれない。

　もうすぐ一臣が会議室を予約した午後三時。受付できちんと座って待機していると、隣の麻友香が落ちつきなく髪をいじったり手を触ったりしはじめた。

「……どうかしましたか？」

「いやー……松原さん久しぶりだから、緊張しちゃって」

「緊張？　……どうして？」

「あぁそっか。潮見さんは会うの初めてなんですね」

頷く。その松原さんとやらには会った覚えがない。

「すごくお綺麗な人ですよ。なんていうか……百点！　って感じの。第一印象は〝なんか強そう〟でした」

「それはまたわかるようなわからないような……」

「広告代理店の営業さんで、前もうちの担当だったんです。でも異動されて。しばらくお見かけしてなかったんですけど」

「担当に戻ったってことですかね」

「それが今日仕入れた情報だとですね……倉橋（くらはし）部長のご指名で、無理やり担当に戻ることになったとか」

「……それはまた……」

あちらこちらに波風をたてそうな話だな、と礼は思った。

「また美人さんだからいろんな噂が立ちますよねぇ。実は倉橋部長の愛人なんじゃないかーとか」

「そういう話みんな好きですもんね」

「私も好きです！」

「この流れで正直にそう言えちゃう北原さん好きですよ」

「やだ照れます！　両想いですね潮見さんっ♡」

　麻友香は機嫌よく予約ボードを確認しながら言った。

「でも、松原さん。確かすごくいいとこのお嬢さんだって聞いたことがあります。東水広告社の得意先の社長令嬢なんだとか」

「……コネ採用？」

「ってことなんでしょうねー」

「大丈夫なんですかそれ……」

「それが、すごく仕事できるらしいんですよ」

「へぇ……？」

「薬品って、薬機法もあるし広告で表現できることが限られてるじゃないですか。〝絶対言えないだろうこれは〟って言われてたCM案、松原さんが折衷案を考えて、交渉してテレビ局の審査通したそうですよ」

「それって、風邪薬の？」

　麻友香の言うその製品は今やタイド薬品の主力製品。その立ち上げの中心人物だと言えば、かなりのやり手なのだとわかる。愛人なんて噂されてしまうのは不本意だろう。

その話を聴いて、礼はふつふつとその〝松原さん〟への興味が湧いていた。愛人。コネ入社のお嬢様。製品立ち上げの中心人物。こんな面白い肩書きを一人で欲しいままにする女性とは、一体どんな人なんだろう。会えるのが楽しみになってきた。

背筋を伸ばして、姿勢正しくその時を待つ。

「……あ、いらっしゃいましたね」

麻友香が小さな声でそうつぶやく。受付を出てすぐのところにあるエレベーターホールに到着音が響いた。しばらくして彼女が姿を現すと、礼は思わず見入ってしまった。

想像していたのは、強(したた)かでかわいらしいお嬢様。けれどそこに現れたのは、女王様だった。

「いつもお世話になっております。私、東水広告社の松原と申します」

凛とした声が広がって、会釈するその所作すらもなんだか綺麗で。いつもルーチンワークでやっているお出迎えが、今までどうやっていたか一瞬わからなくなりながら。礼は受け答えをする。

「……こちらこそ、いつもお世話になっております。松原様でございますね。ただいま眞野が参ります。お先にお部屋にご案内させていただきます」

「ありがとうございます」

笑い方も美しい。一本芯の通った立ち姿。綺麗に巻かれた髪。指先までピカピカのネイル。品のいいレディースーツ。〝自分を美しく見せること〟が目的なのではなくて、〝信頼を得ること〟が目的で身なりを整えているとわかる出で立ちだった。

彼女を会議室へと通しながら、礼は相変わらずの無表情でいたけれど、内心打ち震えていた。――この人だ。この人がいい。やっと見つけた興奮で、打ち震えていた。


松原を部屋に通してから程なくして、一臣がやってきた。

「第三会議室でお待ちいただいてます」

「ありがとう。……潮見さんなんか嬉しそうだね？　良いことでもあったの？」

「え？」

いつも笑わないことを指摘されるばかりなので、一臣のその言葉に驚く。嬉しそうな顔をしている自覚はなかった。

「後で何があったか聞かせてよ」

一臣はそう笑って、松原が待つ会議室へと歩いていった。

「潮見さん何かいいことあったんですか？」

「いや……」

「嬉しそうだなんて全然気がつきませんでした。私のほうが潮見さんと一緒にいるのに！」

悔しい！　と言って麻友香は口を曲げる。

「それにしても……松原さんと眞野主任があの狭い会議室で二人きりなんて、なんだか気が気じゃありません。今頃どんな会話をしているのか……！」

「まぁ仕事の話でしょうね」

「えー」

麻友香が膨らませる妄想をよそに、礼は必死で頭を働かせていた。

（どうすれば、そういう方向に持っていける？）

それを企てるには、まだあまりに礼は彼女のことを知らない。


一時間もせず松原と一臣は部屋から出てきた。一臣は次の予定が押しているらしい。

「すみません松原さん、最後バタバタと駆け足になって」

「いいえ。こんなにお忙しい日なのにお時間つくっていただいてとても助かりました。どうぞお構いなく、こちらで失礼させていただきます」

「すみません、ありがとうございます」

二人が微笑みあって別れるのを見ていた。電話をかけながらオフィスへと帰っていく一臣。エレベーターホールへと消えていく松原。

礼は松原を追いかける。

「北原さん、少しだけ受付お願いします」

「はいはーい」

小走りで追いかけると松原はちょうどエレベーターに乗り込むところ。それに続いて、一緒に乗り込む。すぐにボタンの前を陣取った。

「あら？　受付の……」

そう言いながら、松原は乗り込んできた礼に目を丸くしている。大きな目。絶対に要求を通す自信がある、強い目。

「潮見礼です」

「そう、潮見さん。何か私に用事ですか？」

「はい」

下降するエレベーターの中、松原を振り返る。

「私と友達になっていただけませんか？」

「…………はぁ」

友達ですか、と松原は更に目を丸くした。珍しく勢いで挑んでしまったことを礼は後悔する。けれど口から出てしまった言葉は戻らない。しくじった後悔なんて少しも見せないように、礼は無表情の口元をほころばせる。エレベーターが一階についてドアが開いたとき、松原が口を開いた。

「――じゃあ、駅前の書店の横、地下に下りたところのバーに九時で」

「え」

「私、一回一緒に仕事をするか飲むかしないと友達ってなれないんです」

だから飲みましょう？　と彼女は綺麗に笑った。ますます、この人だと確信する。

「……はい。それでは九時に」

思いがけずうまくいった、勢いだけのお誘い。まだ先は長いだろうけど幸先(さいさき)はいい。ビルの玄関で松原を見送り、礼は無表情の下に上機嫌をしまって、またエレベーターに乗り込む。――これは絶対にモノにしたい。少し興奮してしまった息を、努めて落ちつけた。


受付に戻ると麻友香はいなかった。代わりに、一臣が受付に座っている。

「何してるんですか、主任」

彼は受付のデスクに頬杖をついてジト目で礼を見た。いつもの優しい目が、なんだかちょっと……怒っている？

「松原さんに何か用でもあったの？」

「あぁ……受付にハンカチを忘れていかれたんですよ。それを届けに」

「ふーん……」

まぁそんなことはいいけど、と言う一臣はやっぱり何か怒っている。

「どうされたんですか主任。北原さんは……？」

「ちょっと用事をお願いした」

「そうですか」

「それで、さっき嫌なものを見つけてしまったんだけど」

「……？」

意味がわからず、とりあえずその席をどいてほしいなと思いながら、隣に座るのは危なそうだと感じてそばに立つ。

頬杖をついたまま未だジト目で見上げてくる彼の、真意はわからず。

「……なんです？　はっきり言わないとわかりませんよ」

礼がそう言うと一臣は立ち上がって、礼の両肩を掴んだ。

「っ、しゅに」

顔がすっと近付いてきて、キスされるのかと思えば、顔の横を過ぎて。一臣は首を伸ばし礼の首の後ろ側に唇をつける。

「……何これ？」

「……あぁ」

……忘れていた。一臣が言っているのはきっと、昨晩侑太がつけた痕のこと。

「あぁって……されたのか？　侑太に？」

同じようなことを、昨晩は侑太に訊かれたなと思って目眩がした。ほんとにこの兄弟は。

「離れてください」

ここはドアの閉まった会議室ではない。麻友香が帰ってくるかもしれないし、急なお客様が現れるかもしれない受付だ。

「昨日はなかったよなこんなの。夜に何かあったのか？」

「離れてください、と言っています」

「俺もこれはなんだって訊いてる」

「セクハ……」

「先に訊いたのは俺だよな？」

「……」

被せ気味に言われて、その余裕の無さに困る。首筋と首筋が触れているのがくすぐったい。少し重たい体をそっと押し返そうとしても、その手を握られてしまって。

「……寝たの？　侑太と」

その問いかけには盛大に息をつきたくなる。この男は、自分のことをどんなすごいビッチだと思っているんだろう。なんだか無性に悲しくなった。

「……だったらなんですか？」

だからこれはささやかな仕返しだ。

「礼……」

「私が、侑太と寝ていたとして。主任になんの関係があるって言うんです」

言いながらどんどん気分がのってきているのが自分でもわかる。今のセリフめちゃくちゃ修羅場っぽいな！　絶対に顔には出さないけれど、今、少しだけこの状況が楽しい。

そんな不謹慎なことを思ったから、バチがあたった。

ゆっくり体を引き剝がされて、触れていた首筋の温度も離れていく。正面から見つめあった彼の瞳は、いつもの優しい目とはまったく違う色をしていた。それで、後悔した。

射抜くような目に動けなくなっているとヘアゴムを解かれて、左に流していた髪がはらはらと広がる。さらっと後ろ髪を下からかきあげるように梳かれた。その感覚に背筋を震わせていると、大きく開いた口がキスしようと迫る。――食べられる。

結局それは、エレベーターホールから到着音がしたことで叶わなかった。大きく開けていた口を閉じ、一臣の顔は不機嫌そうに離れていく。礼は何食わぬ顔で髪を結びなおす。受付の席に戻ろうとしたとき、ぐっと左腕を引っ張られた。

「帰ったら絶対抱くからな」

耳打ち。礼がリアクションをとるより前にぱっと腕を放して、一臣はオフィスに戻っていった。受付に座って、澄ました顔で礼は思う。

やれ、寝たのかだとか、抱くだとか。ここをどこだと思っているのか。その上、来月からは弟まで会社にいるんだというからもう勘弁してほしい……。とりあえず目下の困りごとは。

（家に帰れない……）

今晩をどうやり過ごすか、だ。

2．透明カクテルと不毛な夜の恋の話

一臣の「帰ったら絶対抱く」宣言のせいで一瞬忘れそうになっていたけれど、今晩、礼には先約があった。駅前の書店の横、地下にあるバーに夜九時。松原との約束があるから、礼はまだ家には帰らない。

夕方の来客対応を済ませ、ピンチヒッターで依頼された書類をメールで送付し、もう帰れるなと思って時計を見る。まだ七時半。約束の時間には早すぎる。先にバーで飲んでいたら、松原はどう思うだろう。失礼だと思うか、根性を褒めてくれるか。恐らく後者な気がしたけれど、別にこんなところで賭けてみる必要はない。ただ着実に距離を縮めていけばいい。化粧室で念入りに化粧をなおす。

「は……！　まさか、潮見さんこれからデートですか……？」

隣で見ていた麻友香が驚愕の声をあげた。

「……まぁ、そんなところです。それよりも北原さん、驚きすぎじゃないですか」

「だって！　潮見さん誰にも落ちなかったじゃないですか！　異動してくる前もいろんな部の人から告白されては秒速で斬ってきたんでしょう？」

「なんでそんなこと北原さんが知ってるんです……」

「社内での告白なんて大抵誰かが立ち聞きしてるもんですって。バレてないと思ってるのは本人だけですよ」

「……」

麻友香の言葉になんとも言えない気持ちになる。それをどうかあの男に言ってやってほしい。……と思ってから、会議室で自分からキスをした礼は何も言えないことに気付く。

「一体誰が、難攻不落の潮見さんを射止めたんでしょうねー」

その言葉に、心の中でだけ返事をする。「とっても綺麗なお姉さまですよ」と。


書店のすぐ横には、地下にまっすぐ伸びる階段が確かにあった。これから行くバーに礼は行ったことがないし、ここにバーがあるということも今日まで知らなかった。

書店で少し時間を潰して、九時の五分前に外に出る。少し急な石の階段を下りると、木製のドアが現れた。金のドアノブ。いかにも雰囲気のあるバーで、なんとなく緊張してしまう。もしかしたらもう、松原が先にいるかもしれない。ドアノブをまわして押し開ける。

最初に松原と目が合った。カウンターに頬杖をついてこちらを振り返った彼女は、綺麗な弧を描いた唇で、笑う。

「さすが、イメージ通りだわ潮見さん。時間ぴったりに来る優等生タイプ」

そう言う松原は先に飲み始めていたようだ。なんだか少し負けたような気持ちになったのを悟られないように「こんばんは」と挨拶して、コートを脱いでカウンターの松原の隣に腰かけた。

「ごめんなさいね、先に飲んじゃってて。思ったよりも仕事が早く片付いたから先に来ちゃった」

「それはうちの案件ですか？」

「ええ。御社の主任が優秀だから楽をさせていただいてます」

愉快そうに笑って「何にする？」と飲み物を訊く松原。交互に出てくる敬語とタメ口。距離の詰め方が絶妙に巧い。

「……松原さんが飲んでいるのは？」

「これ？　これはルシアン。結構アルコールキツいやつよ」

「じゃあそれを」

会話を聴いていたマスターは感じよく頷いた。

「……へぇ。意外。飲めるのね？」

楽しくなりそう、と蠱惑(こわく)的な笑みを浮かべる松原。対して礼は、ルシアンって何のカクテルだろう、と今しがた頼んだカクテルのことを考えていた。

出てきたのは松原の手元にあるものと同じ琥珀色のカクテル。マスターが礼の目の前にそれを置いたタイミングで説明してくれた。ウォッカとジンとカカオリキュールのカクテルであること。口当たりはいいけれど、アルコール度数は三十度以上あること。

三十度以上なんて自分は飲んだことがあっただろうか？

「乾杯しましょう」

「何にですか？」

「友達になるんでしょう？　私たちの友情に」

乾杯、と松原が言ったのに合わせて礼はグラスを寄せた。カツンと小気味よい音がして松原がルシアンをあおる。それを見て礼も一口。口をつけると確かに、ほの甘くて飲みやすいけれど、飲み込んだそばから琥珀色の液体が通った喉が、胸が、熱くなる。

はぁ、と小さく息を吐いて礼から一言。

「……これで友達、ですか。案外簡単なんですね」

「そうよ？　難しくしたって仕方ないじゃない」

「そうですか？」

「ただでさえ大人になると物事を複雑にしすぎるんだから、こんなことくらいシンプルでいいのよ。マスター同じのもう一杯ちょーだい」

早い。礼がバーに来たときにはまだ、松原のグラスにはなみなみとルシアンが残っていたのに、気付けば空になっていた。

「これね。こういうの、レディーキラーカクテルっていうの」

「なんですかそれ」

「このルシアンみたいに、口当たりがよくて飲みやすいけど実はアルコール度数が高いお酒のこと。男に勧められて、飲みやすさに騙されてたくさん飲んでしまったら、あとは男の思惑通りよ」

そう言って松原は、また新しく手元にきたルシアンを一口飲む。レディーキラーカクテル。女殺しのお酒。まったく殺されそうにない松原。

「自分で注文して飲んでたら世話ないですね」

「だって誰も勧めてくれないんだもん！」

「またまた。モテるくせに」

「こんなお酒を、上手に勧めてくれる良い男にはモテないわ」

「へぇ……？　松原さん今お一人なんですか」

「なんなのあなた。私のこと狙ってるの？」

「まさか。単なる興味です」

松原は、はぁ、と色っぽいため息をついて切なげな目をする。

「一人よ。少し前に失恋してから一人」

「……それは、まぁ」

意外だった。失敗とか失恋とか、そういうものが似合わない人に思えて。

「振ったんじゃなくて振られたのよ！　しかも付き合ってたわけじゃなくて完全な片想いで！　この歳になって、よくあんな真っ直ぐに好きって言えたもんだって、自分に拍手をおくりたいくらい……」

「すごいじゃないですか松原さん」

うまく言葉にできないけれど、嘘はなかった。酔っているからかもしれない。だけどこんな風に自分の痛いところをあけすけに語るところを見せられると、ますます好感度が上がってしまう。

「……似てるのよねぇ」

「ん？　何がです」

「あなたんとこの主任。振られた人に」

これは内緒ね、と彼女はいたずらっぽく笑った。

「眼鏡でね、女子が油断しちゃうような優しい顔してるのに、その実何を考えてるのかはさっぱりわからないの。眞野主任もそんなタイプじゃない？」

「そうですねぇ……」

そう返事しながら、別に何考えてるかわからないことはないけどな、と思う。礼は手の中のグラスをまわしながら問いかけた。

「もしも眞野が松原さんを誘ったら、乗りますか？」

「……うーん。どうだろう？　同じ轍(てつ)は踏みたくないって気持ちのほうが強いかしらね……」

「そうですか」

「潮見は？」

　さらっと名字を呼び捨てにされても、不快じゃないことに心の中で戸惑う。

「私、ですか？」

「うん。潮見は眞野主任みたいな人は、タイプじゃないの？」

「眞野主任……」

　思い出の引き出しが多すぎて、どの一臣を思い出せばいいのかすら迷う。結果、「今晩絶対抱くからな」と宣言した直近の彼を思い出してしまってげんなりした。そうだ、今晩はもう一山あるんだ。気の重い顔で答える。

「ないですね……」

「そうなの？　あなたみたいな人は、どんな男がいいんでしょうねー」

　そんなこと考えたこともなかった。自分の好みというものがないことに気付いて、それになんだか妙な焦りを感じたのを、ルシアンで飲み込んだ。ちらりと横目で松原を見る。

　ハイペースでアルコール度数の高いカクテルを飲むものだから、てっきりザルなんだと思っていたが。松原はすっかり出来上がっていた。

「よくその能面顔で受付なんて名乗れるわね、あんた」

「私もそろそろクビにされるんじゃないかと思ってます」

「そうよね？　だって受付なんて愛想よくしてナンボでしょう？　笑顔にも給料払われてるんだから、笑わない受付嬢なんて給料泥棒よ！　笑えよ潮見！」

ひどい絡み酒だ。

「松原さん、もうほどほどに……」

「だーめーよ。私と友達になるんでしょう？　軽く一杯付き合っただけでなんて、そんな簡単なのだめよ」

「さっき自分が簡単でいいって言ったんじゃないですか」

ぶれぶれだなこの人！　と思いながら、なぜか好感度が下がらない。なんというかこの人、ものすごくかわいい。

「とりあえず今日は帰りましょう。タクシーに押し込むところまではしてあげます」

「あっ、急に上から！　酔っててもこういうことは私絶対に忘れないから！」

「はいはい」

「あー……むかつくなぁ潮見」

「松原さん」

「なによ」

「また飲みましょうね」

「……気が向いたらね」

これでこの夜はお開きとなった。お会計の段になると松原は急にシャッキリして、自分のほうが多く飲んだからと少し多めに出してくれた。

タクシーまで送るとこちらを振り返って、「今日はありがとう」と言って帰っていく。染み付いている社会人の習性が、酔っていたって体を動かしているようなそんな感じ。礼は松原が乗ったタクシーが角を曲がるまで見届けて、自分は駅までの道を歩き出した。

これはもう決定だ。今日出会ったばかりだけど、松原以外はもうあり得ない。

やっと見つけた嬉しさから、駅から家までの上り坂だってスキップで上がれてしまいそうだ。良い大人だから、やらないけどね。


庭を抜けて、鞄からごそごそと鍵を取り出し、解錠。引き戸を開ける。一歩玄関の中へと入って、もうすっかり習慣となった、いつもと同じ言葉を放つ。

「たらいまもろりました」

……いつもと同じ言葉？　なんかうまく言えなかったな？　と思うと同時に足の力が抜ける。パンプスを履いたまま、礼は玄関で膝から崩れ落ちた。

「うわ、やらかしたなお前……！」

頭上から声がして、崩れ落ちて這いつくばっていたところから、気だるさをおして顔を上げる。一臣がしゃがんでこっちを見下ろしていた。

「……主任？　なんで眼鏡はずしてるんですか……？」

「馬鹿。ここは家だ。誰と飲んだらこんな酔い潰れるんだよ……」

そう言って一臣は、礼の下肢に手を伸ばしてパンプスを脱がす。そちらに目を向けることもできずにぼーっとうつむいたままの礼を、軽々と抱きかかえた。耳の上から声がする。

「こんなんでよく帰ってきたよ本当に……。玄関入った瞬間からぐだぐだになるくせに、帰り道はしっかりしてるんだよな昔から……」

そうぼやく声はため息混じりで、ちょっとだけくすぐったかった。

そっとベッドに降ろされると、くたりと全身の力が抜けた。くらくらした頭が落ちついていく。

「……侑太は？」

「さぁ？　今日は帰ってこないんじゃないかな」

「そう……」

「礼」

「んー……？」

一臣は背を向けてベッドに座り、こちらを振り返っていた。

「誰と飲んでた？」

「……内緒」

「今晩するって言ったの覚えてる？」

「覚えてない」

即答すると、〝覚えてるじゃないか〟と彼が意地悪く笑ったのが見えた。ブラウスのボタンを上からはずされて首元が楽になる。ギシッとベッドが軋む音がして、自分の上に落ちた影に気付くと一臣が上にいた。じっと見つめられるけど、その熱い目よりも視線を奪われる場所がある。Vネックのセーターから鎖骨が見えて、不意に触りたくなって。

酔っている、という体で、その衝動は抑えない。

「……もしかして誘ってる？」

「まさか」

「礼、くすぐったい」

顔が近付いてきて、互いの呼気が混じり合う距離。不意に接近した鎖骨を触る。自分の物とはでっぱり方が違う、男の人の鎖骨。

「抱くよ、本当に」

そう言われてやっと視線を彼の目に戻した。

「……眞野主任、眼鏡は……？」

「だからここは家だって」

しつこいな、と困った顔が至近距離にある。いつもは眼鏡のツルがかかっている、こめかみから耳の上までをそっと撫でた。ふる、と震えた顔がかわいい。

「抱かないでしょう？」

「……どうして？」

「こんな、酔ってて明日の朝覚えてるかも怪しいときに抱いて、満足しないはずだから」

「……どうだろう？　欲だけ満たすなら今しても満足なんじゃないかな。酔ってとろんとしてる顔、興奮するし」

そう言って一臣は礼の唇を食む。楽しそうに、味わうように。ただ口の中までは入ってこなかったから、礼にはしゃべる余裕が残されていた。

「ん……でも、一臣くん」

「ん？」

「私のこと本当に好きでしょう？」

ぴくっ、と一臣が動きを止める。少し離れた顔は不意打ちをくらった驚きの表情。

「それは……それは、ずるいだろ……」

「気持ちが通った上で抱き合いたいでしょ」

「はっきり言うのやめて」

　はぁ、と気が抜けたため息をついて一臣は、礼の上に乗ったまま顔のすぐ真横でうなだれている。「本当にずるい」なんて情けない声で繰り返すから笑ってしまいそうになる。力がうまく入らない腕を伸ばして、さらさらの黒髪を撫でた。すごく馬鹿で、すごく愛しい。

「……一臣くん」

「……なに？」

「私に任せて」

「なにを？」

「私に任せてね」

「だから何をだよこの酔っぱらいが」

　真上にある体をぎゅっと抱きしめるとよく知っている匂いがして、幸せな心地で眠りに落ちていく。


　任せて。想いは強い。――潮見礼は、とっくに選んでいるのです。

　朝。目覚めるとベッドがやけに狭かった。

「…………ん？」

二日酔いらしい、ガンガンと痛む頭と、身動きがとれなかったせいか痛む体の節々と。

ぱっと左を見れば、すぐ間近に見覚えのある鎖骨がVネックの服から覗いていて、そっと視線を上に向けると眼鏡をしていない一臣の顔があった。なんでこんな顔が近いんだろう……と思ったら、腕枕をされているからだった。

そして動きづらさのもう一つの原因は、腰にまわる腕。背中にぴとりとくっついている何か。肩口にふわふわとした髪があたっていてくすぐったい。

「……侑太までいる」

三人で一つのベッドなんてどう考えても無理がある。どうりで体が痛いわけだ。

正面にいる一臣とは、昨日の夜に会話をした記憶がぼんやりとある。だけど何を話したんだったか。こんなに覚えていないことってあんまりないから戸惑う。それにしても、よく眠ってるなぁ。よほど深い眠りなのか、規則正しい静かな寝息が途絶えない。

対して侑太は、昨日会話した覚えがないし、勝手に潜り込んだに違いない。

「……侑太は起きてるよね？」

「…………」

「狸寝入りしてもわかるよ。なんでいるの？」

握り潰されたいの？　とは言わないでおいた。

「……なんでわかるの礼ちゃんは」

「侑太が寝たフリ下手なんだよ」

「そうかなぁ」

そう言って、腰を抱いていた手をごそごそと上に動かしてきた。

「……何してるの？」

「懐かしいよね。昔はこうやって三人で昼寝したなって、なんか急に思い出した」

「侑太」

「うん」

「何してるの」

「……添い寝」

そう言いながら服の中につっこまれた手は、しっかりと感触を確かめるように動く。主に、脂肪がつきがちなお腹のあたりを。

「添い寝じゃないし、しかも嫌なとこばっかり触る……」

「え？　もっと上のほう触ってもいい？」

「っ」

たるみがちなところをつまんでいた手が、急に胸の横まで上がってくる。手の上昇と一緒にぞわっとする感覚に襲われて、思わず声を抑えた。

「びっくりするよねー。帰ってきたら何がどうなったのか、二人おんなじベッドで寝てるし。ヤッてはないみたいだからまぁ良かったけど。なんで礼ちゃん、一兄には腕枕なんて許してんの？」

　ずるくない？　と囁きながら指先で触れてくる。なぞられる横腹。指でくるくるとおへその下に円を描かれる。本当にアウトなところには、きっと触れる勇気がないんだと思っていた。……この間までは。今はもうわからない。一昨日の夜弄（いじ）られたことを思い出して、胸の尖りが疼（うず）く。触られる可能性もあるんだと思うと落ちつかなかった。

「……昨日、何があったかよく覚えてないの」

「何それ？　危なすぎでしょ……」

「だいぶ酔ってたんだと思う」

「じゃあ、覚えてないだけで一兄に何かされたかもしんないね」

「それはないんじゃないかな……」

「何もしないわけないじゃん。手が出せる状況で」

　そりゃまぁきみならそうかもしれないけど……。そんなことを思いながら、服の中で遊ぶ手を追い出そうと摑む。

「やだよ、もうちょっと触らせてて」

「だめ」

「いいでしょ、一兄も寝てるし」

言われて間近にある一臣の顔を見ると、やっぱりよく眠っている。短時間の睡眠でもすっきりした顔で起きてくるのは、眠りが深いからだろうか？

「この、一兄がすぐそばで寝てるのに……っていうのがポイントだよね」

「……なんのポイント？」

「興奮しない？」

「…………」

「ドン引きだぞ侑太」

突然眠っていたはずの人の声がして、礼と侑太は二人揃って「え」と顔を上げる。

「おはよう、礼」

笑って一臣は、腕枕しているのとは逆の手で、とてもナチュラルに礼の胸を揉んだ。

「…………」

その動きがあまりに自然だったから。その表情もいつもの顔だったから。礼は何をされているかも理解できず。侑太は「俺は我慢したのに」と静かに怒っていて。

「……一臣くん」

「ん？　なに？」

礼は怒りを言葉にするより前にビンタした。

土曜日の朝の眞野家の食卓は、やけに静かなものになった。

「……」

「……」

左の頬を腫らした一臣。

どことなく機嫌が悪い侑太。

ものすごく機嫌が悪い礼。

一言も声を発さず黙々と朝食をとる三人。最初に沈黙をやぶったのは一臣だ。

「納得いかない……なんで胸はだめなんだ……？」

まったく反省していない様子に、礼は無視を決め込む。一臣の質問の言外には「キスはいいのに？」という疑問が含まれているが、答えるのも馬鹿馬鹿しい。

「ありえない。あんなさらっと触るなら俺だって触ったのに……」

侑太も侑太でよくわからないことを言っているので礼は無視する。少しずつ触れるハードルを下げられている。この状況はよくない。間違いが起きては困る。でもそれだって自分の気の持ちようだ。自分が籠絡（ろうらく）されることさえなければ、何も問題ない。

すべて忘れたようなトーンで礼はしゃべり出した。

「家事当番、四月からどうするか考えないとね。侑太も入社したら毎日晩ご飯つくるの厳しいだろうし」

そう言って侑太を見ると、彼は味噌汁に口をつけながらなんでもないように言う。

「別に、しばらくはいいんじゃない？　新入社員をそこまで残業させないでしょ」

それを聞いた一臣は、漬け物に箸を伸ばして同じくなんでもないように言う。

「どうだろうな。どこに配属されるかにもよる」

「研修期間はこのままでいいよ。夜つくるのが難しいのはどっちにも言えることだし」

そう言って侑太は味噌汁をもう一口すすった。人に負担をかけたがらないこういう性格は、あの人の影響なんだろうな、と、礼は密かに思った。


三人の土日の過ごし方はそれぞれだ。とはいえ、礼は自分が普段出かけていることもあって、最近の二人がどう休日を過ごしているのかをあまりよく知らなかった。この土日は珍しく家にいる礼を、一臣も侑太も不思議そうな目で見てくる。

居間のテーブルで雑誌を読んでいると正面に侑太が座った。

「今日はおしゃれして出ていかないんだね」

「うん、まぁ」

礼は雑誌から顔を上げずに答える。

「結局、土日はいつもどこに行ってるの？　綺麗なワンピース着ていくような用事って何」

「詮索は禁止です」

「ミステリアスだ」

感情のこもらない声で侑太はそう言って、テーブルに頬杖をつきながらまっすぐ手を伸ばしてきた。くるくると礼の毛先をいじる。

「……侑太、気が散るんだけど……」

「構ってよ礼ちゃん」

そんな子犬みたいなことを無表情で言う。思わずその顔をじっと凝視したけど、底が見えない深い瞳にのまれそうになるだけで、真意は読めない。もてあそばれる髪。普段から女の子とこんな風にいちゃいちゃしてるんだろうなーと思うと、冷めた気持ちになる。元々熱なんてないけれど。

髪に絡む侑太の手を捕まえて、そっと引き剝がす。そして彼の指の間に自分の指を絡ませて握る。

「……ん？　何これ、恋人繋ぎ？」

「構ってよって言われたから構ってるのよ」

視線は雑誌に落としたままで。

「…………礼ちゃん」

「なに」

これじゃあやっぱり満足しないか、と不満を聞き流そうと思っていると、侑太は言った。

「これ、ちょっと嬉しい」

「……そう？」

年下男子の喜ぶポイントがよくわからない。まぁいいか、と、礼はそのまま雑誌を読み進める。左手を繋いだまましばらくそうしていると、侑太は向かいから少し身を乗り出して雑誌を覗きこんでくる。

「何か面白い記事あった？」

「んー……」

「さっきからずっと同じページ見てる」

「ちょっと黙ってて」

「はい」

手を握っているからか、侑太はわりと素直に黙った。

「……占いか」

ぽつりと独り言。言われた通り、礼が真剣に見ていたのは星占いのページ。双子座の全体運と金運と、それから恋愛運は一応目を通すくらいの気持ちでそのページを見ていた。

読み終わってふと雑誌から視線をはずすと、侑太が沈黙を破る。

「意外と、占いとか信じるよね」

「意外？」

「なんにも信じてなさそうなドライな顔してるのに」

酷い言われようだ。兄同様、それなりに好かれていると思っていたけど、それは勘違いで実は嫌われているんだろうか……？

「恋愛運はなんて書いてあったの？」

「……春は波乱のシーズン」

「月並みだね」

「私もそう思う」

「月並みだけど信じる？」

「……」

「まぁ占いがそう言わなくたって波乱だよね、四月は」

入社式が楽しみだ、と言って侑太は口元だけ少し笑わせて、繋いでいる指の間を撫でた。

〝春は波乱のシーズン！　日頃よく顔を合わすあの人にときめいてしまうかも？〟

占いは信じてるけどそんなの駄目です。

ゆるゆると過ぎる土曜日。雑誌を読んでいる礼に構ってほしがるくらい、侑太は暇だったようで、その後も出て行く気配がなかった。眠そうに欠伸をしながら録画したドラマを見たり、巻数の多いスポーツ漫画を読み返したり。入社を目前にした彼は本当に時間を持て余しているらしい。

一方、一臣は、今日は彼が洗濯当番だったので忙しなくしている。シャツの袖をまくって洗濯籠を抱え、廊下を往復していた。干すのを手伝おうかと礼が申し出ると、少しだけ考えてから、じゃあ、と受け入れたので一緒に庭に出る。並んでばさばさと洗濯物を広げながら一臣は言葉をこぼす。

「ほんとに納得いかないんだけどさ……」

「？　なに？」

「下着洗われるのはよくて、揉まれるのはだめなの？」

「……」

兄のほうの胸への執着がすごいんですが……。

礼は自然に無視する。一臣もわかっていたようで、それ以上何も言わなかった。

日曜日の午前中も侑太は家にいた。

「遊びに行かないの？」

「気分じゃない」

「そう」

「そんな日もあるよ」

家から出そうにない侑太に対して、一臣は朝から姿が見えない。

「一兄だったら走りに行ってる」

「……そう」

たまに、礼は侑太のことをエスパーなんじゃないかと思う。なんで今わかったんだろう。

「走りに行って、ジムの近くの温泉寄って帰ってくるんじゃないかな」

「……」

「すっかりおじさんですよ。一兄は」

心を読むのはやめていただきたい。


そんな風にして、三月最終週の土日が過ぎていった。

そして三月最後の日。期末。期内の伝票はなんとか今日切らねばならないと、いつもより若干社内が慌ただしくなる。どこの会社も同じようなものだからか、来客もいつもより少ない。

「明日から四月ですねぇ。早いなー」

麻友香のまるで他人事であるかのようなほわほわとした言葉が、受付をただよう。礼はそれらを「そうですね」と拾って、受付は平和にまわる。

「あっ、そういえば社内報見ましたか？　ついに新入社員の顔が解禁されてましたね！」

「そうなんですか」

「潮見さんやっぱり見てない！　だろうと思った！　というわけでこちらが社内報です」

さっきからこれを出すタイミングを窺っていたんだなと納得しながら、表紙は見た覚えのある社内報を手にとる。自分の分はどこへやったんだったか。

ぱらっとページをめくると大きく一臣が載っていた。販売を勝ち取った新製品についてのインタビューを見て、少し嬉しくなる。侑太が載っていたのはその次のページだった。

「彼です！　トップバッターですが北原的には彼が一押しです！　この摑み所のなさそうな顔……。年下とは思えない大人っぽさ！」

「……子どもですよ、ものすごく」

「え？」

あ、いま要らないことを言ってしまった。気付いて礼は補足する。

「どれだけ見た目が大人でも、新入社員は子どもです。期待するような大人のドキドキはないかもしれませんね」

「えー、そうかなぁ……」

ちょっと本気でトライしてみようと思ったのにー、と口を曲げる麻友香をよそに、じっと社内報の写真を見た。明日から本当に、会社に侑太もいるんだな。すべて隠すように無表情な写真の顔を、指先でちょっとつついた。

社内報を広げているところを、ちょうど打ち合わせ終わりの一臣が通りかかる。

「なになに、何か楽しい話？」

「あっ眞野主任もう見ましたか？　社内報。明日から来る新人の顔写真載ってるんですよー」

「へぇ。まだデスクに置きっ放しで開いてないな。今年はどんな感じ？」

そう言って書類を脇に抱えたまま、受付台をはさんだ向こうから覗きこんでくる。眼鏡をくいっと押さえて真剣に見ようと。そんな動作を見ながら礼は、一臣のワイシャツの下に隠れている鎖骨のことを思い出す。

「……？　なに？　潮見さん。どっか汚れてる？」

「……なんでもありません」

実は自分って鎖骨フェチなんだろうか……別に知りたくなかったことに気付いてしまって目をそらした。

「今年の注目は、彼です！」

ばばーんと効果音がつきそうな勢いで一臣の目前に社内報を突き出す。麻友香は礼に話したように若干興奮気味にまくしたてた。

「見てくださいこの整ったお顔を！　そしてこの何考えてるかわからない表情を！　しかも名字が〝眞野〟！　そんなありふれた名字でもないのに眞野被りですよ主任。彼と主任で人気を二分しそうな勢いですねー」

「へぇ、それは面白くないなー」

笑っている。確かに格好いいね、なんて言いながら。とんだ役者だと思う。実の弟の写真を前にしてそんなことが言えちゃうんだと、礼は素直に感心した。

名字が同じだから兄弟だとバレるのはすぐな気がしていたけど、どうなんだろう？

「格好いいでしょう？　でも聞いてくださいよ主任！　潮見さんは〝新入社員なんて総じて子ども〟って言うんですよー」

あっ余計なことを、と思ったときにはもう遅くて、一臣が礼の顔を見ていた。

「きみらしいね」

「……そうですか？」

……それは何を以って？

「潮見さんは子どもよりも年上のほうが好き？」

さも世間話のように訊いてくる役者。少しも他意を感じさせない顔で訊いてきたけど、目は〝どうなんだ〟と確かな答えを要求している。

「……そうですね」

「そうだったんですか潮見さん！　年上好きとは知らなかっ――」

はやしたてる麻友香に被せて言った。

「中味を伴った大人が好きです」

「……ん？」

どういう意味だそれ、と眉をひくつかせた一臣を確認して、自分の回答に百点満点をあげる。そのままの意味ですよ、と目で言ったのが伝わった気がした。

「中味を伴った大人かぁー」

そりゃそうですよねーと麻友香は一人うんうんと頷いていた。こういう会社でのやりとりは、実はそんなに嫌いじゃない。

「ちなみに潮見さんの一押しは？」

「…………」

訊かれてさっと指差した。

「……女性じゃないか。しかもまた、気の強そうな美人を選んだねぇ」

この日の業務を終えると、麻友香は約束があるからと更衣室へ急ぎ、制服を着替えて出て行く。礼は特に用事もなかったのでゆっくりと着替え、会社を出る。

最寄り駅までの道で一臣が待っていた。

「お疲れさまです」

会釈して目の前を通り過ぎようとすると、ぱっと手を掴まれる。

「待って、一緒に帰ろう」

「嫌です」

「玄関を出たら他人？」

わかってるんじゃない、と思いながらこくりと頷く。こんなところ会社の人に見られたらいけない。

「それなら、途中まで一緒に帰ろう。潮見さん」

「……は？」

「おんなじ方面でしょ？」

ね、と言って笑う顔は、会社で人気の眞野主任の顔。同じ家に帰るのだから同じ方面なことには違いない。渋々、距離を置いて並んで歩くことになった。

「怒ってる？」

「怒ってません」

「その返事は怒ってるやつだなー」

「……どうして待ってたんですか？　今までこんなことなかったのに」

「んー？　まぁ……侑太が入社してきたらこうもいかないんだろうなと思って」

「…………」

「たぶんあいつ、目敏く見つけては割り込んでくるよ」

そう笑って言われて、明日からの会社生活が少し憂鬱になる。それは決して、一臣と二人になるのを邪魔されるからとかそういう気持ちじゃなくて、ただの気疲れで。

「それより昼間のあれはなんだ。中味を伴った大人が好きだって？」

「あれはそのままの意味ですよ」

「まるで人のこと、中味はガキみたいに」

「誰も主任のことだとは言ってません。自意識過剰なんじゃないでしょうか」

「お前な……」

「え」

油断していたら手を繋がれた。

「……人に見られます」

言っても聞きそうにない顔をする。主任の顔で誘ったくせに。

「ガキだからな」

繋ぎたくなったら繋ぐよ、と言った彼の手は大きくて、振り払えなかった。一臣といい、侑太といい、この兄弟の手は、いつこんなに大きくなったんだろう。

電車に乗ってもまだ手を離してくれない。

「見つかったら、なんて言い訳するんです?」

「言い訳なんてしない。必要ないだろ、別にうちの会社は社内恋愛禁止してないし」

「誰と誰が社内恋愛ですか……」

呆れた声で言ったたって、一臣は気にも留めない。

「俺のだって言いたいよ」

おかしそうに笑うだけ。そんなこと言われたってどうしようもない。揺れる電車の中で、自分のパンプスのつま先を見つめた。

「……残念ながら、そんな日は来ませんね」

「そうなの?」

「来ません、絶対に」

「先のことなんてわからないと思うけどなぁ。あと〝残念ながら〟って言うならもっと残念そうに言って」

「……」

「何を企んでるんだろうな、うちの姫様は……」

その言葉にぱっと顔を上げる。企んでる、なんてどうして? 疑問を悟った一臣が笑う。

「〝任せて〟って言って抱きついてきたじゃないか」

「何それ、いつ」

「かわいかったなぁ。絶対あの時ヤッちゃうべきだったよなぁ」

「主任、質問にっ……」

「強引にでも手に入れてしまえばいいんじゃないかって、真剣に考えたよ」

「っ……一臣くん」

まったく話を聞いてくれない彼は、そう呼ぶと勝ち誇ったように笑って、礼の視線の高さにあわせて屈んだ。

「……なに？　潮見さん」

自分はきちんと会社の顔を保っている、と言わんばかりに名字で呼んで。憎らしい。

「あの酔って帰った日ですね……何を口走ったんですか、私」

「〝任せて〟って」

「何を？」

「…………さぁ？」

「それしか言ってないんですね……？」

それでほっとした。〝任せて〟。胸にとどめていた言葉だけど、それだけで意味は理解できないはずだ。何を企んでるんだろうと言われたのはそのためか。

まだ知られるわけにはいかない。

電車を降りるとまた手を握りなおされて、家までの坂道を手を繋いだまま上っていく。何度か不意をついてぱっと離そうと試みたけれど、びくともしない。少しも隙間なく繋がれた手は、絶対に離してくれそうになかった。

「これ、ご近所さんが見たら〝あそこのおうちご夫婦だったのね！〟ってなるかも」

「何それ最悪」

「え、そんなに？」

傷つくなーなんて言って笑う。まったく傷ついてなんかいないない素振りで。

「侑太が見たらまた怒るわ……」

「いい気味だ」

「やめてよ。ずるいって言ってまたいろいろ要求されるの、困る」

「そしたら俺がもっと上の要求をするよ」

「……兄弟して人のことなんだと思ってるの」

「それは一口には言えないな」

「……」

「一口に語れないくらいの時間を過ごしてきたと思ってる。礼とは」

そこで名前を呼ばれて、ぴくりと反応してしまったことが、手を繋いでいたからきっと一臣に伝わってしまった。いつもなら絶対に勝ち誇られるところなのに、一臣はなぜか何も言わずきゅっと握る手に力を込めてきた。

調子を狂わされる。

「潮見さんのことなら、難攻不落で、たまに人の目の前に人参ぶらさげてくる悪い女だと思ってるよ」

「……そうですか」

三月の終わり、夜の冷気に少しの生ぬるさが混じりはじめた中を、一臣と手を繋いで家路についた。そんなことも、慌ただしい春に流されてきっとすぐに忘れてしまう。

明日から四月です。

3．三角形の境目

その日の朝の眞野家の食卓は、昨日までとは明らかに違っていた。昨日までの食卓には、オフィスカジュアルが一人、スーツが一人、私服が一人。でも今日は、オフィスカジュアル一人に、スーツが二人。

礼は味噌汁をすすりながら、ちらりと並んで座るスーツ姿の兄弟を見る。二人とも世間一般で言うところの美形なんだろうけど、そのタイプはバラバラに思えた。簡単に言えば兄は柔和、弟はとっつきにくそう。名字が同じだから「実は兄弟なんじゃないの」とは訊かれそうだが、否定すればそれで済んでしまいそうだ。

「ごちそうさま」

侑太が一番に食べ終わり手を合わせた。自分の分の食器を流しに持って行き、食洗機の中へと入れる。

昨日、眞野家に食洗機がやってきた。侑太が社会人になるにあたって、三人の家事の負担を少しでも減らそうと協議の結果決まったことだった。自分一人だったなら、たぶん、食洗機は買わなかった。けれど三人は、自分以外の二人の負担を少しでも減らしたい。なんとなくそれを肌で感じているゆるい家族の感覚。侑太が会社にやってくる今日、みんな大人になったんだな、と礼は思わずにいられなかった。

　ふわふわしていた髪が、今日はビジネスライクにきちっと整えられ、少しだけ見えている額が綺麗な顔立ちを際立たせる。このほうがモテるんじゃないかと思うほど。

　食器を片付け終えた侑太が、鞄を手にして先に家を出ようとしたとき、礼は侑太のネクタイが曲がっていることに気付いた。

「侑太待って」

「？　なに？」

「ネクタイ、曲がってる」

「え？」

　うそ、と慌てて結び直そうとする姿を見ると、やっぱりどこか子どもで微笑ましい気持ちになる。やり直してもいまいちうまく結べない侑太が少しだけかわいい。

「侑太、こっち向いて。やってあげる」

　立ち上がって彼のネクタイを手にとる。

「礼」

　一臣の制止には耳を貸さずに。これくらいはいいだろう。手際よくネクタイを調整する。

「……はい、でき」

た。と言って顔を上げた瞬間、額にキスされた。

「ありがとう、礼ちゃん」

屈んだまま、小さな子どもを相手にするようにお礼を言われる。上がった口角に、罠を知る。後ろで一臣がぼやいた。

「その歳になって自分で結べないわけないだろ……」

わざと不格好に結ばれたネクタイに、礼は手を伸ばしてしまった。

「上手だね、ネクタイ結ぶの」

どうしてこんなに手慣れてるのかなぁ、なんて嫌味を言いながら、侑太は嬉しそうにネクタイの結び目を触る。

「一緒に出社する？　礼ちゃん」

「しない」

即答して、そばにあった鞄を掴んで、結局礼が最初に家を出た。


礼が出社すると、麻友香は既に制服に着替えて受付スペースをピカピカに磨き、新しい花まで活けていた。

「おはようございます潮見さん、いい朝ですね」

「おはようございます。……北原さん、私でもわかるくらい気合い入りすぎです」

「はい、隠してません！　あの何考えてるかわからない系王子に会うのが楽しみでなりません！」

「……」

清々しいです。

あなたの言う王子は、ネクタイ結べないフリをする大馬鹿者ですと打ち明けたい。絶対に言えない。思い出して額を触りイライラする。

「今日から二週間は研修ですよねー。どこ配属になるのかな。新人だから会議室おさえたりは任されるだろうし、絡みはそれなりにあると思うんですよねぇ」

「……そっか」

そこまで具体的に考えていなかった礼は困った。確かに新人社員は準備を任されがちだ。

「残念なのは研修メニューに受付が含まれていないことです……。まぁだいたいマーケティングにいっちゃうんですけどねー。一年目から広報なんていうのも稀だし」

「受付だけはないでしょうね」

「ですよね」

残念だ、と肩を落とす麻友香には悪いけれど（ほんとはそんなに悪いとも思わないけれど）なるべく接点のない部に行ってほしい。麻友香の言う通り、侑太はきっとマーケティング部に配属されるだろう。でもその中でも、一臣がいる製品企画グループではなくて、

ＭＲグループに行ってくれれば、あるいは。外回りがほとんどだから、会社で顔をあわす機会は少ないはずだ。

麻友香が受付スペースをピカピカに磨いたその日、残念ながら侑太は現れなかった。


「どういうことかと人事から情報を仕入れてきました。今日は入社式と座学のオリエンテーションだけで、各部署への挨拶回りは明日みたいです……」

「そうでしたか」

「入社式で会議室を出入りするのも電話応対で見逃したし！　がっかりですよ！　彼は格好よかったですか？」

「はぁ……まぁ」

入社式開始前、ぞろぞろと新入社員が数人、人事部長に案内されて会議室へと入っていった。侑太とは目があった気がしたけれど、眉一つ動かさなかった。それを格好よかったかと訊かれると、礼は少し困ってしまう。

「あの中だったら、格好よかったのかもしれませんね」

「なるほど社内報通りの印象ですねー。実物も大差なしということですか」

「はい」

「ぶっちゃけ眞野主任とどっちが格好いいと思います？」

「………………」

「眞野対決は絶対起きると思うんですよ！　優しい大人の魅力か、掴みどころがない新人の魅力か！　って。あぁでも潮見さんは、中味を伴った大人派でしたね」

「……優しくもないし、掴めなくもないですよ」

「え？」

「お疲れさまでした」

麻友香の視線から逃れるようにして会社を後にする。八つ当たりだとわかっていながら、イライラが募る。


「潮見さん」

帰り道、電車の中で声をかけられた。座っている自分の目の前に立ったスーツ姿の人。よく知る声のうちの、ハスキーなほう。やっぱり帰宅時間が被ってしまったか。

「潮見さん、いま帰りですか？」

「……なんなんですかあなた」

「え」

他人のフリをすると侑太は少し戸惑ったように固まった。馬鹿らしくなってすぐやめる。

「……あなたが、私を知ってるのはおかしいでしょう。各部署への挨拶は明日なんだから」

「あぁ」

そんなことか、とでも言うように相槌を打って侑太は隣に腰かけた。

「スーツは肩が凝るねぇ……」

「……」

「ネクタイも首もときつくて苦しいし。うちクールビズやってるんでしょ？　いつから？」

「……」

「潮見さん」

「……」

「返事してくれないとここでキスする」

「なんで脅すの！」

それは困る。思わず声が出た。はっとして、電車の中だったと反省する。

「制服姿は初めて見たけど、似合ってた」

「嬉しくない」

「ほんとに？」

「……嬉しくありません」

「そうですかー」

つまんないな、と言って侑太は顔を上に向けた。ほんとに肩が凝ったみたい。慣れなければそんなものかもしれないいなと思いながら、礼はまっすぐに前を見る。昨日は一臣と帰って、今日は侑太と帰る。これから自分は一人で帰れる日があるんだろうかと、礼は不安になった。

電車を降りて改札を抜けたところで、自然と手が伸びてきたのを察知して、パッと自分の手を後ろに隠す。侑太側の手に鞄を持ち替えた。

「繋ぎません」

「俊敏すぎる。なぜバレた……」

「そういうとこほんとに、兄弟そっくり」

「そんなこと言って一兄とは繋いだんじゃないの」

「……」

何も言っていないのに、侑太は〝やっぱり〟という顔をする。

「今日、マーケティング部の研修で〝先発優位〟って言葉がたくさん出てきたけど」

「……」

「要はやったもん勝ちってことだよね。最初に実行したほうがインパクトあるんだって。そんなの当たり前だしつまんないなって思ってたら〝後発優位〟って言葉も後から出てきて」

「……何が言いたいの？」

訝（いぶか）しむ礼の顔に気付いて、侑太が少し口角を上げた。

「道はもう拓かれてるから、最短距離を走れるんだよ」

「あ」

話を聞いていると不意に手から鞄を奪われた。何をするんだと驚いているとその間に空いた手を繋がれる。やられた。

「……それが、一兄が拓いた道ってのが不愉快極まりないんだけどね」

「ちょっ、と」

鞄を持たれて、手まで繋がれて。片方手持ち無沙汰な感じはだいぶ恥ずかしい。昨日とはまた違う大きな手が礼の手を掌握していた。

もしかしたら侑太は、昨日礼が一臣と手を繋いでいたところを見たのかもしれない。玄関でどちらからともなく手を離す前に。

行き場のない空いている方の手をぎゅっと握る。手を繋がれているとなんだか自分が子どもになったみたいだ。不機嫌な顔の礼になど構いもせず、侑太は坂を上り、しゃべり続けた。

「礼ちゃん知ってた？　礼ちゃんが小学校を卒業してから俺たち、一度も在学期間が被ったことないんだよ」

「……そりゃあそうでしょ」

それは五つという歳の差があるのだから、当たり前のことだった。

「一兄のこと、家では一臣くんって呼ぶじゃん。学校では眞野先輩って呼んでたでしょ？　それで、今は眞野主任って呼んでて。……でも俺はいっつも侑太だったなーって」

「？　侑太は侑太でしょう？」

「わかんないだろうけどさぁ。壁感じてたんだよ。歳が離れてるってだけで、わからない学校の話されて、線引きされて」

「線引きなんて……」

先にぐんぐんと坂を上っていく背中を見つめて、思う。かつてこの坂を手を繋いで上ったときは、自分のほうが手をひいていた。同じ寂しさを、今も昔も身の内に抱えている？

「それで明日から潮見さんは、俺のことなんて呼んでくれるんだろうね？」

「眞野くんでしょ、普通に」

「眞野くんか」

いつも通りの無表情なのに、声は少しだけ嬉しそうで、複雑だ。なんでもないことをこんなに噛み締めてくれるいじらしさを、自分はなんと思えばいいのか。

礼ちゃん、と呼ばない侑太が知らない男の人も見えた。何を仕掛けられても、所詮、侑太だと。五つも歳の離れた彼を、勝手に弟のように思って油断するのは正しくなかったかもしれない。ベッドの中で体を触られたとき、まずい状況だとは思ったけど、やっぱり侑太は侑太だと思った。何をされたところでどうこうなるような関係じゃない。それも侑太の言う〝線引き〟なんだろうか。一臣と違って、確かに侑太のことは、どこかで安心しきっていた気がする。

際どいところに触れられるよりも、いま、手を握られて焦りを感じてしまうのは。どうしてなんだろう。

「あ」

気付いて、ぱっと離そうとした手はより強く握られて、離すことは叶わなかった。あと数メートル歩けば家に辿りつくというところで、家の前で鞄の中を探っている一臣を見つけた。気配に気付いた一臣が振り返る。

「……今、帰りだったのか」

眼鏡の奥の瞳が驚いていた。

「一兄も今日は早かったんだな。鍵忘れた？」

「あぁ……うん」

「今日会社でちょっとだけ見かけたよ。部下の人に指示出してて偉そうだった」

「偉いんだよ実際」

侑太が玄関の鍵を開けるなか、いつも通りの兄弟の会話が続く。繋がれた手についてては一切触れない。それでどうしようもなく罪悪感をあおられて。

だってさすがに昨日の今日で、こんな風に手を繋いで。不可抗力とはいえ節操がなさすぎると自己嫌悪に陥る。けれど離そうとすればするほどに、侑太は手を握る力を強めた。もう痛いほど、細い指が礼の指に食い込むほど、強く。見せつけるみたいに。

玄関に足を踏み入れる。

「……ただいま戻りました」

さすがに張りのある声が出ない。

さっと一臣が先に家の奥へと行ってしまって。玄関で靴を脱ぐ段になってやっと、それまできつく繋がれていた侑太の手がほどかれた。

「あーごめん……強く握りすぎた。赤くなってる……」

侑太はそう言って、ほどいた礼の手を指の腹で優しく撫でる。びりびりと痺れる指先。

侑太の顔が見られない。

「さっきの一兄の顔、見た？　平気なフリしてたけど、動揺してたね」

「……どうして」

「どうしてじゃない」

ぴしゃりと言い放った侑太が、どんな顔をしているのか想像もつかなくて。だけど確かめることも、できない。

「俺はずっとそうだった。……礼ちゃん、俺がいつも眠ってたって本当にそう思ってんの？」

「――え？」

「高校生からしたら、小学生はそりゃ子どもだったんだろうけどね」

それだけ言って、指先も離れていった。高校生？　小学生？　彼は、一体いつの話をしているんだ。

「……今更そんなこと言われても」

侑太が言っていることに、少しも思い当たらないわけではなかった。だから今日、同じ土俵に立ったこの日に、あてつけみたいなことをしてきたのか。

一人取り残された玄関でパンプスを脱いで、礼は、ぼーっとしていた。そして思い出していた。青春の頂（いただき）とも言える高校生のその時も、礼はこの家で暮らしていたことを。

＊

三人だった。大事な人たちを失って、たった三人で暮らしていた。

その時周りにまともな大人がいたなら、そんな生活は許されなかったと思う。だから礼は、周囲があまりに不甲斐なかったことを嘆くべきなのか、喜ぶべきなのか、ずっとわからないでいた。許されなかったはずのその生活は、なんだかあまりに心地よかったので。

「……あ。一臣くん寝ちゃった」

放課後。セーラー服のままでぺたりと畳に座りこみ、侑太の宿題を見ていた。小学校五年生の算数は、自分で解く分にはなんてことないのに、どうしてそうなるのと訊かれるとちょっと困ってしまう。片手間では教えられなくて、解説片手に侑太の横に張り付いて教えていた。

そうしていると一臣は暇だったのか、気が付いたら眠ってしまっていた。一臣も礼と同じく帰ってきたまま、ブレザーのジャケットだけを脱いだ姿で。部屋の柱にもたれかかって腕を組んだまま、静かに寝息をたてている。閉じられた目から、長いまつ毛が頰に影を落としていた。

「宿題終わっちゃったね」

「うん」

「二人で買い物いこっか」

「うん」

侑太はこの頃から何をしてもリアクションが薄かったけれど、この年頃の子にしてはとても素直だった。一緒に夕食の買い出しに行って、並んで台所に立つ。礼はエプロンをして侑太の隣に立ったものの、料理の手際は侑太のほうがよかった。彼の邪魔をしないように、皿や器具をとったり後片付けをしたりして、小さなシェフを手伝う。

夕食ができても、一臣はまだ同じ体勢で眠っていた。

「起きないねぇ……」

「うん……」

一臣の寝顔を侑太と二人でじっと見つめる。まだ眼鏡をかけていなかった一臣は、この時すでに相当モテていた。礼は学年が違うにも関わらず、眞野先輩に告白した女子がどうのこうの、みたいな噂をよく聞いた。絵空事のように思っていたら、ついに告白現場を見てしまって、身近な人がモテるということに違和感を覚えていた。

「一兄、昨日遅くまで起きてたって言ってた」

「受験生だからなぁ。きっと勉強してたんだと思う。……起こしにくいね」

侑太がこくっと頷く。

「もうちょっと待とっか」

そう言って、セーラー服のままごろんと畳に横になる。まだ肩までの長さに切り揃えられていた髪がぱらっと広がる。この家は、三人で暮らすにはあまりに広い。

「……礼ちゃんも寝るの？」

「寝ないよー」

ちょっと休憩、と言って寝転んで伸びをする。侑太も、と促すと隣に寝転んで、礼の真似をして伸びをした。本当に素直だと思った。

「侑太、学校楽しい？」

「うん、まぁまぁ」

「そっか。小学校、私が通ってた頃とはちょっと変わってるんだろうな……」

「……礼ちゃんは高校楽しい？」

「うん、楽しいよ」

「そっか」

「一臣くんも、受験は大変そうだけど楽しそうにしてるよ」

「ふーん……」

そんな会話をしながら、うつらうつら。寝ないよなんて嘘ばっかり。一日生きた体はすっと眠りに落ちていく。

礼たちは必ず三人で食事をする。全員きちんと食べて、きちんと生活をする。そう決めていなければ、子どもだけで暮らすことはできなかった。

「礼」

名前を呼ばれてふわっと意識が一段、上昇する。

「礼、起きて。八時まわってる」

もう一段上昇。そこで揺り起こされた。

「起きろって。腹見えてるぞ」

「……サービス」

「何に対してだよ」

冷静なつっこみをいただいて、いよいよ覚醒する。目をこすって時計を確認すると、確かに八時をまわっていた。体を起こすと、一臣のものらしいブレザーのジャケットがかけられていた。

「……あ！　今度は侑太が寝ちゃった……」

隣ですやすやと寝息をたてている。侑太は一度寝てしまうとなかなか起きない。

「なんでみんなここで寝てんの」

「待ってたの、一臣くんが起きるのを。ご飯はできてるんだけど……うわーどうしよう、侑太起きるかな」

揺り起こそうと隣の侑太に手を伸ばして、けれどその手は一臣の手に絡めとられる。

「……なに？」

どうして覆い被さってくるの、と非難混じりにつぶやくともう顔がそばにあった。

「礼、キス」

それはキスをしろという意味だったのか、キスするぞという宣言だったのか。よくわからないまま、手で両頬を包まれて唇を落とされていた。生温かい感触に目をつむる。

「……なんで今？」

「……最近してないなと思って」

「侑太がいない時なんてないし、あんまりしないと下手になる」

　そう言ってまた口を吸った。

「っ……ん……待っ……」

　侑太を起こさないがために制止の声も小さくなる。そんな弱い抵抗は彼を止められない。なぜか少しがっつくようなキスをされて、さすがに礼も内心慌てていた。

「んんっ……はっ……舌、入れないで」

「じゃあ舌出して」

「……」

「早く」

　唇を舐められて開くよう要求される。頰を包んでいた手のひらがそのまま後ろにスライドして後頭部を押さえ込んでいた。もう片方の手はいつの間にか腰を抱いていた。口を固く閉じていても、唇に軽く歯を立てられて開かされてしまう。恐る恐る舌を出すと後は容赦なかった。吸い上げるようにしてその口内で礼の舌先を弄ぶ。

「ん……！」

一臣の制服のシャツを摑む。皺になるのも構っていられないほど、しがみついていないと後ろに倒れてしまいそうなキスを食らう。その合間に、するりと制服の下から大きな手が入ってきた。

「痛っ」

礼は一臣の頭を叩いていた。

「……それは駄目」

「えー。サービス……」

「冗談に決まってるでしょ」

それでキスは終わった。息があがってしまうようなキスだった。お互いの制服に皺をつくるような。

——あの時、本当は起きていたと、侑太はそう言ったのだろう。

4. 恋は幻

ＬＩＮＥの通知がピコンと鳴って、確認するとそれは松原からだった。まだ午前中だというのに〝今晩飲める？〟というお誘い。こんな早い時間から飲む気分でいるということは、まぁまぁ嫌なことがあったんだろうな、と礼は想像する。

〝大丈夫だと思います〟と一言返信を打つと、トラなのか猫なのかよくわからないキャラクターが親指を立てているスタンプが送られてきた。……絶妙にブサかわいい。たぶん、これを本気でかわいいと思っているであろう松原にそっとなごむ。同時に、あのバーで共に泥酔した日から、二週間近く経っていることに気付いて驚いた。なにを自分は悠長なことをしているのか。侑太が会社にやってくるというだけのことに気をとられすぎていた。やっとのことまわってきたチャンスを、みすみす逃すわけにはいかないのに。

四月二日は噂で持ち切りだった。麻友香の予想通り、眞野侑太は社の女性たちの注目の的となった。社内報を見逃していた社員たちも、実際に挨拶にきた侑太を前に面食らったという。あまりに整ったその顔に。……そこまで？　と正直、礼は思った。昨日、大人になった彼を少し見違えてしまったのは事実だが、持ち上げられすぎじゃないだろうか。

新入社員が列をなして受付に挨拶にやってきた。麻友香は緊張しているようで、いつも以上に自分の髪を触り照れ臭そうにしている。人事部長に、「新人のうちは特にお世話になる人たちだからね」と紹介されて、よろしくお願いしますと頭を下げた。頭を上げたとき、意図せず侑太と目が合った。〝どうかした？〟と目で問いかけられる。どうもしない。ぱっと視線をはずして自分の業務へと戻る。

侑太と手を繋いで帰宅するところを一臣に見られた昨日、夜の食卓は静かなものだった。一臣も侑太も、言葉は交わすけれどどこか会話が上滑りする。礼は夜のうちに、何かしら一臣に言われるだろうと思っていた。侑太が張り合ってきたら自分はもっと上のことを要求すると言っていたから。けれど結局、二人では何も会話を交わさないまま礼はベッドに入った。

そして今朝には、会話もいつも通りの自然さに戻っていた。言葉は少ないけれどそれもいつも通り。準備ができた人から家を出て会社へと向かう。礼が最後に家を出て、もしかしたらどちらかが玄関で待っているかも、と警戒して向かうとどちらもいなかった。自意識過剰だったな、とちょっとだけ恥ずかしくなりながら、どちらにも追いつかないようにゆっくりと坂を下った。

所詮、手を繋いだだけ。それだけのこと。

そう自分に言い聞かせる。どちらともキスまではしてしまっているのだ。それに比べたら、ささやかでかわいいもの。そのはずだ。……なんで一臣は何も言ってこないんだろう？　どうして、自分がこんなに悶々としなければいけないんだろう。

納得いかなさを引きずったまま、礼は会社にいる。

「はー潮見さん……」

「はい」

「私もう、彼の中味が子どもだろうと構わないです。もう……もうなんだっていいです！」

麻友香は悩ましげにため息をついて、先ほど挨拶で顔を合わせた侑太を思い出している。

「普通、新入社員なんてスーツに着られてるわーって感じじゃないですか。なのになんですあれ？　完成形じゃないですか。……あー！　思い出しても恥ずかしい！　好き！」

「北原さん……」

あまりに盛り上がっているので、どう声をかけていいか戸惑う。

「声めちゃくちゃ外に漏れてるよ、北原さん」

「あっ、主任」

聞かれた！　と麻友香の顔は赤くなっていく。なんだかヒロインぽいなぁ、いいなぁ、なんて思いながら、礼はなんとなく、一臣と目を合わせることができない。

「北原さんの一票を眞野くんにとられたか……やっぱり若さには勝てないよなぁ」

「そうですね、女の子はみんな新しいもの好きですからね……」

「あ、やばい。北原さんそれほんとに傷つくやつだ。古いもの扱いしないで……」

「あはは、大丈夫です主任！　北原の一票はなくなっちゃいましたけど、どちらかと言えば年上派の潮見さんの一票がありますから！」

「え？」

急に話を振られて間の抜けた声が出る。その時、内線が鳴った。ぱっと手を伸ばしたが、一瞬早く麻友香が出た。

「はい、受付北原です！　お疲れさまですー。……はい。あ、お預かりしてますよー。すぐお持ちしますね！」

まずい。内線を切ると麻友香は人懐こい笑顔で言った。

「さっき届いたバイク便、急ぎみたいなんで広報部に届けてきますね！」

「北原さん、それなら私が」

今は一臣と二人になりたくない。

「いいえ！　潮見さん」

麻友香は片方の手のひらを前に突き出し強く制止した。

「いまちょうど広報部では新人研修をしています。人の恋路の邪魔なんて野暮ですよ」

「あ、はい……」

すみません、と、つい謝ってしまいそうになったが、本気なのか。麻友香の発言からどんどん冗談ぽさが消えていくことに動揺を隠せない。そして。

「楽しそうだなぁ、北原さんは」

この会社はちょっと、私たちを二人きりにしすぎだ。

届ける小包と、なぜか化粧ポーチも手に持って化粧室へと駆け出した麻友香。その背中を見送った礼は、とても気まずい。

「……」

ちら、と一臣の顔を窺うと、彼のほうはしっかりと礼を見ていた。

「……私も、ちょっと総務部に」

「駄目だよ潮見さん、受付に誰もいなくなるのはまずいでしょ」

そう言って一歩距離を詰めてくるから、礼の体はこわばる。

「潮見さん……」

手が伸びてきて、赤ん坊の首を据わらせるかのように後頭部を押さえられる。いつもキスするときの一連の動作。いつも通り。いつも通り。ぎゅっと目を閉じてしまったら構えていると思われる。なるべく、そっと、自然と受け入れるように目を閉じた。

しかし唇は落ちてこない。

「………………？」

不思議に思ってちらりと目を開く。一臣は目前で、じっと礼の顔を見ていた。

「……主任？」

「潮見さん、眉間に皺寄りすぎ。……そんな警戒しなくても、別に獲って食ったりしないよ」

甘い声で囁かれた。息をたっぷりと含ませたその言葉には矛盾を感じる。ふる、と震えた自分の体を左手で抱きしめる。一臣は礼の頭を押さえていた手を離した。

肩透かしをくらった気分になりながら、さっきの言葉に異論を唱える。

「……いつも獲って食おうとするじゃないですか」

「食べさせてくれたことないくせに」

「主任」

やめましょうこの会話。そう言うと一臣は一度頷いて、声のトーンを変えた。

「会議室の予約いい？」

「どうぞ」

「明日の二時に、東水広告社の松原さん。二人だから前と同じ部屋で」

「第三会議室ですね。お取りしておきます」

「ありがとう、よろしく」

明日か、と思いながらボードに記入する。これはたぶん、もたもたするなという啓示。

「じゃあね」

そう言ってオフィスへと戻っていく一臣の背中を見送って、少しだけ、どうしてキスされなかったのかを、ほんとに少しだけ、考えた。

一臣が去ってしばらくすると、広報部へ届け物にいっていた麻友香が戻ってくる。とぼとぼと歩いてきて、浮かない顔をしている。

「眞野くん、いなかったんですか？」

侑太を眞野くんと呼ぶことに違和感があった。麻友香は首を横に振る。

「いいえ、いたのはいたんですけど……」

「？　冷たくあしらわれましたか？」

「そうだったら、それはそれで美味しかったんですけど……ほら、潮見さん一押しの女の子いたでしょ？」

「あぁ」

一臣と麻友香と三人で社内報を囲んでいたとき、礼が指さした彼女のことだろう。とっさに目に入った、吊り目で気の強そうな美人。

「彼女が眞野くんにべったりなんですよ。さながら番犬のごとくガードしてて、近付くこともできませんでした！　北原は無念です……最近の若い子つよい、こわい……」

「そ、そうでしたか……」

「早くも恋敵現るです……園崎由乃！　名前もばっちり覚えました。パイセンの怖さ思い知らせてやります……！」

いやそれは駄目でしょ、と心の中でつっこむ。

「しかも今日、新人だけで飲みにいくんですってー。これみよがしに仲の良さをアピールされて北原はもう……あー！　悔しい！」

「北原さん落ちついて」

「だって潮見さん……どうしましょう。若いときなんてお酒の力で大胆になれちゃうじゃないですか。園崎由乃が〝酔っちゃったー〟とか言って眞野くんにしなだれかかるところを想像すると……はらわたが……！」

煮えくり返るんですね。どうどうと麻友香をなだめながら、麻友香が言ったシーンを想像する。侑太にしなだれかかる吊り目の美人。

大丈夫ですよと麻友香に言いたい半面、侑太だからなぁ……と思ってしまう。女の扱いに慣れた侑太は、自分からぐいぐいくる女子なんてぺろりと食べてしまうのではないか。それが、美人ならばなおさら。

「……」

はらわたが煮えくり返るというほどではないけれども。おもしろくない、と思うのは家族みたいなものだから。それでも侑太に何か言えた義理ではないので、今日侑太は夕飯いらないんだな、くらいに思考をとどめておく。自分も今日は松原と約束がある。どうしようか少し迷って、一臣にメールを打った。用件だけ、今日は自分も侑太も帰りが遅いことを簡潔に伝えると、〝了解〟とすぐに返信がきた。礼に負けず一臣のメールも簡潔だ。

後になって、自分が送った文面が、侑太と一緒に過ごすともとれてしまうことに気付いた。やってしまった……。でもわざわざ訂正するのもおかしい気がして。ここ数日、こんな些細なことに悩んでばかりだとげんなりする。

気にしないようにスマホをスプリングコートのポケットにねじこんで、今日は、約束の時間より早いけど、先に待ち合わせの店で飲んでしまおうと思った。


「社会人としてどうなの？　って思うわよね」

松原はご立腹だった。

前回はルシアン。今日はゴッド・ファーザー。またアルコール三十度を超えるカクテルを頼んでいて、この人も懲りないなぁと思いながら礼も同じものを頼んだ。

「まぁ、そうですよね」

それはちょうど今日、礼も思ったところだ。侑太にオープンにべったりだという新人女子に思ったこと。それって社会人としてどうなの？　ＴＰＯを弁(わきま)えない恋愛脳はよろしくない。松原が午前中のうちから飲みに誘いだしたのもそれが原因らしかった。

「前に振られたって話したでしょ」

「あぁ、眞野主任に似てる人なんでしたっけ」

「あれ。私そんなことまで話したかな……。まぁいいわ。そう、似てる人。彼の嫁も同じ会社にいるんだけどね」

「うわぁ……」

意外とこの人泥沼だな、と思ったことが顔に出ていたのだろう。違うわよとすぐさま否定される。

「不倫しようとしてたわけじゃないからね。私が告白して玉砕した後、彼がすぐ結婚したのよ」

「あぁ……それはそれで……」

「ちょっと！　不憫（ふびん）みたいな顔してんじゃないわよ潮見！」

すっかり名字の呼び捨てがなじんで、一緒に飲むのはまだ二回目だというのに、旧友のような気がしてくる。飴色のゴッド・ファーザーとくだを巻く松原。

「仕方ないんだけどね……彼がその子を好きだってことは、ずっと前からわかってたし。でもそれにしたってさぁ……いちゃいちゃしすぎなのよ」

松原の不満は続く。

「朝会社に行くとき、最寄り駅を出たところで前を歩いてる二人を見かけてね。〝夫婦でご出勤ですかーよろしいですねー〟と思いながら、ぼーっと見てたのよ」

「はい」

「まぁそれは別にいいとしましょう。わざわざ別々に出るのもおかしいし。でもぼーっと見てたらね、彼が嫁の耳元に口を近付けてごにょごにょ何か話してんの」

「はぁ」

「何を言ったのかなんてまったく聴こえないんだけど、嫁のリアクションが……。何か耳打ちされる度に彼の腕をばしばし叩くのよ。それをおかしそうに笑って彼は何度も何度も彼女に耳打ちするの」

「それは……」

「ぜぇぇっったいに猥談よね⁉　どうせ〝夜はあんなにかわいかったのに……〟とかなんとか言ってたんでしょう、あー！」

叫んだかと思うと松原はカウンターに突っ伏して、小さな声で「羨ましい……私も言われたい……」と漏らした。なんだこの人。びっくりするくらい吹っ切れてないな。

「松原さん、想像力すごいですよね……」

「うん……」

「月並みですけど、その彼だけが男じゃないですよ」

「……なに潮見、励ましてくれるの？　ほんと月並みね」

「励まし慣れていないので」

　空っぽになったグラスを見て、勝手にソルティ・ドッグを二杯頼んだ。礼はカクテルに詳しくない。知っている名前の、確か、グレープフルーツ味のカクテルだ。

「ソルティ・ドッグねぇ……」

「嫌ですか？　変えます？」

「んーん、潮見っぽーいと思って。〝寡黙〟って意味があるのよ、ソルティ・ドッグには」

「そうなんですか」

「………」

　酔いがまわってきたのか、松原の口数は少なくなっていく。だから、適度に礼が言葉を紡ぐ。

「良い人がいますって」

「またそんな月並みなこと……」

「もしかしたらもう出会ってるかもしれませんね、結婚する相手に」

「え？」

　なにそれ適当言ってんの？　と顔を上げた松原は、もう相当酔っている顔をしていた。

「この一杯飲んだら、帰りましょうか」

　もう充分だと思った。本当は二回目も必要ないほど、最初から充分だった。

一回目と同じように先に松原をタクシーに乗せ、自分は駅までの道を歩く。春の生暖かな風が心地いい。歌いだしそうな、泣きだしそうな気持ちで、礼は家までの道を行く。

侑太はもう帰ってきているだろうか。一瞬、吊り目の美人の顔が浮かんでしまったので頭の中から振り払う。爛れたことになっていたとして、自分には関係ない。


心を無にして玄関の敷居を跨いだ。

「ただいま……戻り……」

あれ？

今日はちゃんと言えそうだと思ったけれど、最後まで発音することが、できなかった。最後まで口にする前に床を這っていた。……気持ち悪い。

「またか……！」

廊下の奥から駆けてくる。耳をぴとりとくっつけた床に、足音がドンドンと響く。頭上から降る声も、パンプスを脱がされるのも、抱きかかえられるのも、全部最近あったことのような気がして、デジャヴだろうか？　くらくらする。

ふわりと体が宙に浮いた。

「主任……？」

「ちょっとひどすぎるぞお前。こんな直近で二度も泥酔して帰ってきて」

そう言う声は、結構本当に怒っている。やだな、怖いな。機嫌なおらないかな。なんて考えて、だけどまったく体に力が入らない。くたりとその首元に頭を預けた。

ベッドに降ろされても、目眩がおさまらない。手の甲で額を押さえる。頭の奥が重い。

「きもちわるい……」

「大丈夫か？　吐く？」

「絶対吐かない」

「だろうな……。礼が吐いてるとこ見たことない。っていうか吐き方知らないんだろお前」

「…………」

「……トイレ行く？」

「……行かない。吐かないってば」

「水飲む？」

「うん……」

そう言うと一臣が離れていく音がして、しばらくすると戻ってきた。

「水持ってきたけど」

「ん……」

「起き上がれる？」

「…………」

こんな状態で起き上がれるはずがない。水なんて自分で飲めるはずがない。そしたら一臣がどうするかなんて、酔った頭でもわかっていた。

とぷん、と、ペットボトルが上下逆さまになる音がした。頭とベッドの間に手を差しこまれて首を起こされる。唇に温かい感触があって、一瞬遅れて冷たい水が唇の間から流れこんでくる。こくん、と礼の喉が鳴って、唇は一度離れていった。

目を開く。眼鏡をはずした一臣の顔が目の前にある。

「……大丈夫か？」

「一臣くん。……足りない」

礼がそう言うと、一臣は同じ体勢のまま、そばに置いたペットボトルに手を伸ばした。

そうじゃない。

「……礼？」

ぎゅっと一臣の首に両腕をまわして引き寄せる。一瞬目を瞠った顔を視界の端に捉えて、構わず唇を重ねた。一臣の唇は、さっきまで水を含んでいたのにとても熱かった。押し付けるように触れた唇の表面で、何か言いたげにもごもごと口が動く。

「ん……礼、待っ……ん……」

何も聞きたくないから被せるようにキスをした。酔っているとはいえ、〝どうして？〟なんて訊かれるのは恥ずかしすぎる。

たまに唇を舐めながらキスを続けていると、一臣もたまらなくなってきたのか、しゃべろうとするのをやめて口を開いてきた。口内を探るキスをする。それは会議室でたまに二人がするような。昔から続けてきたような。

一臣はキスが巧い。もう数えきれないほど、礼と〝練習〟を重ねてきた。

「んっ……んん、は…………ん――……」

彼は知り尽くした礼の口の中を舌で弄ぶ。その熱さを感じるほどに舌を絡めて、今度は別の角度から。歯列をなぞって、お互いが気持ちよくなってくると絶妙なタイミングで口を離して、ちゅっと触れるだけのキスに切り替わる。

下唇同士をくっつけたまま、熱い息がかかる距離で一臣は言った。

「……満足か？」

そんな冷たい言い方で。

礼が侑太と手を繋いでいるところを見ても、何も言ってこなかった。会社で二人きりになって顔を近付けても、結局キスはしなかった。それを「どうして？」なんて訊こうとは思わない。ただ。

「……満足、なんて……」

ただ、疼くのだ。

身体の芯の、自分でもどこからやってくるのかわからないほど、奥深くで。

「……満足なんてしないわ」

礼の答えが意外だったのか、一臣はリアクションに困っていた。至近距離で見下ろしながら、次の手を決められずにいるようだ。麻友香には〝優しくない〟と言ってしまったけど本当は、相手に合わせがちなところ、昔からずっと優しい。

任せて、と前に礼は一臣に言ったらしい。今日と同じように酔いながら礼が、自分と交わりたがる一臣を説得した日。その通りだ、よくわかっている。自分が果たすべき責任を、礼は忘れたことがない。――明日には動き出すから。そしたらもう、これが最後だから。最後くらい、いいんじゃないかな。なんて。

まだ戸惑っている唇に一瞬だけのキスをした。表情を見られないようにすぐに首筋に顔を埋める。

「……ほんとにどうしたんだ、今日」

調子狂うだろ、とこぼしながら頭を撫でてくる一臣の、耳元にそっと唇を寄せる。

「……一臣くん」

「っ……そこでしゃべるのやめて。何？」

「……したい」

とっさに耳を離そうとする一臣の、頭をがっしり捕まえて、勢いでそのまま囁いた。

「ん？」

「…………」

「なに？　なんだって？」

「エッチ」

「……は」

「したい、って言ったの」

「は？　……え？」

「エッチしたい」

「っ、何回も言うな馬鹿。勃つ……」

自分が訊き返したくせに、と不満に思いながら、ぐりぐりと押し付けられる下肢にもどかしくなって、きゅっとワイシャツの背を摑んだ。


ぱちり、と目が覚める。

朝だ。相変わらずお酒が抜けずガンガンと痛む頭で、けれどはっきりと理解する。朝。ちらっと視界の端で壁掛け時計を捉えて、出社までまだ時間があることを確認する。

続いて、隣で眠る一臣を確認。相変わらず眠りが深い。腕の上で礼が身じろぎをしてもまったく起きる気配がない。微かな埃がきらきらと輝く朝の空気の中で、一臣の寝顔はいっそう端正に見えた。期待を裏切らない静かな呼吸。光を乗せたまつ毛。きっとこんな朝を、本当なら幸せと呼んだりするんだろう。あー、と全身の力が抜ける。猫のように伸びをしながら、自己嫌悪に落ちていく。昨夜の自分の弱さといったら。目を閉じて、夜のワンシーンを思い出す。

〝ごめん一臣くん、やっぱりなし〟
〝え〟
〝なし。……ごめん、できない〟
〝それは……お前……。むごいとしか言いようが………〟
打ちひしがれる一臣を思い出すと、駄目だと思いつつ笑ってしまいそうになる。
〝この一瞬で、何がどうなったら気が変わるんだ……？〟
〝一臣くん、童貞だったなって〟
〝……〟
〝痛そうだなと思って……〟
〝……〟
そのときの一臣の顔といったら。

「……ぷっ……くっ……」

「……ご機嫌だな朝から」

気付けば、端正な顔にジト目で見られていた。たぶん、礼が何を思い出して笑っていたかはバレている。

「声押し殺して笑ってるとこなんて久しぶりに見たけど、なんか複雑……」

「笑ってないよ」

「嘘つけ。今更真顔になっても遅いんだよ」

「だから笑ってないって……………く、ぷっ」

「ほら」

「だっ……て……ふふっ」

なぜか笑いが止められなかった。両手で口を押さえて止めようとしても、ころころと笑う声が、自分のものじゃないみたいに止まらない。

「……えらく余裕なんだな」

「え」

容易（たやす）くマウントポジションをとられた。笑っていて完全に油断していた。摑まれた両手首と、間近にある顔に、さすがに笑い声はひっこんだ。

「体力残ってるならする？　朝から」

そう言った一臣も、言われた礼も、布団以外には何も纏っていない。組み敷かれた角度から見る顔に、体温に、皮切りになったやりとりが鮮明に思い出されていく。
昨晩。寸前で拒んだ礼を、一臣は〝本気なのか〟と、〝信じられない〟という顔で見下ろしていた。その顔は本当に、笑っちゃうくらいに情けなかったのだ。その時も礼の顔は笑ってしまっていた。――次に一臣が、表情を変えるまでは。

〝ごめんね……〟
〝……そんなことで〟
〝今更やめられるわけないだろ、馬鹿〟

一臣くんってわりかしすぐ私のこと馬鹿って言うよなぁ、なんて悠長なことを礼が思ったのも束の間。そこから先はずっと喘がされていた。

「……残ってるわけないでしょ、体力なんて」
「気持ちよさそうに喘いで声嗄（か）らしてるんだから、そうなんだろうな」
「……」

童貞があんなに巧いなんておかしな話があるもんだと、自分の思い込みを恥じるばかり。

自分も女だったんだなぁ、と。結局なし崩しに朝からかくことになってしまった汗を洗い流して、礼は、朝食の準備をしていた。一臣はいつもの席に座っている。

「侑太、昨日帰ってこなかったんだね」

「みたいだな」

てっきりお前と一緒なんだと思ってた、と、新聞から視線を上げずに言うから弁解の余地もない。

「それに途中で帰ってこられても……」

「……」

それについてはもう考えないことにしていた。

「……遅刻しないといいけど」

入社三日目で遅刻なんてありえない。しかも原因が前日のお酒なんて。今頃まだホテルにいるのか、それとも女の子の家だろうかと、下世話な想像をしてしまう。

「……」

今度こそ本当に自分が何か言えた義理じゃないのに。

朝の身支度を終えて礼が家を出ようとすると、背中から一臣が声をかける。

「待って礼、一緒に出よ」

「一緒に出ないよ」

「え？　手繋いでいくだろ」

「繋ぎません」

玄関で睨み合う。視線の攻防。手に入れた気になっている一臣と、抱いたくらいでと思っている礼の間にある気持ちの齟齬。

お互い譲歩する形で玄関でキスをした。


後悔はある。だからと言って、抱かれたくらいで世界が変わるわけじゃあるまいし。

昨日と変わらず、潮見礼は潮見礼で、笑わない。松原に言わせれば給料泥棒の受付嬢でいる。卒なく業務をこなして、手がすけばじっと受付の席に座っている。

「眞野くん、昨日と同じシャツでしたね……」

「……目敏いですね北原さん」

隣で麻友香は遠い目をしている。

「なんか……なんかもう、せつないです。駄目ですよねぇ……」

「何が駄目なんですか」

「はっきり言って最低だなーと思うんですけど……余計に気になるというか」

「それはほんとに駄目なやつですね……」

「駄目な男ほどよく見えてしまう時期なのかもしれません……」

「……駄目な男ねぇ」

「今日はなんか主任もご機嫌ですしね」

「え?」

「絶対に女できましたよ眞野主任。どおりで北原が眞野くんに一票移しても動じないわけです！　もー！」

「そうですか……?」

「そうですよ。なんか〝満たされてるー〟って感じで。色気がだだ漏れで困ったもんです！　新人の女の子たちもさっき何人かあの色気にあてられてました」

「はぁ……」

それを第三者の口から聞くのは少し気まずいものがある。気まずいと言うか、気恥ずかしいと言うか。麻友香はしみじみと言う。

「春ですねぇ……」

その一言でまとめられてしまうと、自分も季節の変化に乗じて頭が沸いてしまったみたいで居た堪れない。誰も彼も、春だからってタガがはずれてしまっているんだとしたら、そんなに怖いことはない。全部勘違いなのに。

兄弟二人が礼を好きになるのは、ごく自然な流れだった。礼は、自分が二人から好かれるに足る魅力を持っているとは思っていないし、自分以外の誰かが同じポジションにいたなら、きっと二人はその誰かを好きになっただろうと思っている。幼少期から思春期にかけて、一人の女の子がずっとそばにいたのだから、その子を好きだと勘違いしてしまっても、仕方が無い。

「……」

そのことにきちんと気付いていたのに、礼は一臣を誘ってしまった。自分も勘違いをしてしまったのかもしれない。そばにずっと、変わらず二人の男の子がいたことで。

二時になると、時間ぴったりに松原が受付に現れた。

「お世話になっております。眞野主任をお願いできますでしょうか」

「はい！　少々お待ちください……」

そう言って麻友香が内線で一臣を呼び出すなか、松原の視線が礼へと向く。

「昨日はどうも」

「こちらこそ。無事帰れましたか？」

「もちろん。あなたは？」

「……無事、ではないかもしれません」

「は？」

どういう意味だと松原は訊きかけたが、そうこうしているうちに麻友香が内線を切った。

「お待たせいたしました。もう間もなく眞野が参りますので、先にお部屋にご案内させていただきますね」

「ええ、ありがとうございます」

麻友香に連れられて会議室へと向かう松原に、ぺこりと頭を下げる。

麻友香はすぐに戻ってきて受付前を通り過ぎ、「このままお茶の準備してきますねー」と言って給湯室へと向かった。

今日を起点に、何かを変えていけますように。一人になった受付でそっと、テーブルの下で指を組んで礼は祈る。

「第三会議室だっけ」

受付に現れるなり、一臣は部屋を確認した。

「ええそうです。松原さんには先に入っていただいてます」

「了解」

朝に玄関で別れて、今日会社で顔を合わせるのはこれが初めて。ただ漏れの色気とは一体どんな……と思っていたけれど、朝と変わりない一臣だ。

まっすぐ会議室に向かうのかと思いきや、じっと見つめられる。なんですか、と口には出さずに目で問えば、一臣の目が笑った。……ほんとに何？

「……誰にも気付かれてない？」

「は？」

「キスマークなんてつけて潮見さん、意外とやらしいね」

「っ！」

ばっ！　と首筋を手で覆う。嘘だ。朝にちゃんと鏡で確認した。夜はつけないでと何度も念押しした。そんな迂闊なことはしない。

そこに痕なんてあるはずないのに、礼は覆った手を離せなかった。

「……なんでそんな嘘つくんですか？」

一臣は答えず、礼の頬に手を滑らせた。大きな手のひらの感触に、どんな顔をしていいか迷う。

麻友香が戻ってきてしまう。そんなことが気になりだしたとき、一臣が口を開いた。

「……初めてした次の日くらい、ちょっと照れ臭くなってほしい」

じゃないと俺だけが浮かれてて馬鹿みたいだ、と言って、頬に触れた手は離れていった。

その少しむくれた顔に礼は、拍子抜けしてしまう。

「……浮かれてるんですか？」

「浮かれるだろ。三十まで童貞守らされてきた男なめんなよ」

「……っく」

「……ほんとにこれだけは無表情崩して笑うよなぁ……」

腹立つなぁ、なんて言いながら、笑わせるために言ってくるんだからやめてほしい。礼はこれ以上笑ってしまうのを我慢して、口元を押さえながらしゃべる。

「っ……守らされてきた、って……別に私、誰ともしないでなんて言ってないのに」

「……えげつないこと言うねお前」

「お前って言わないでください」

「えげつないこと言うね潮見さん」

主任の顔で同じことを言うから、たまらず〝ふっ〟と笑ってしまう。それを見て一臣も顔をほころばせる。こんなのまるで幸せみたいで、変。

「……眞野主任」

「ん？」

「今晩、飲みに連れてってください」

「……え？」

「駄目ですか？」

「いや、駄目じゃないけど……。っていうか、お前、昨日あんだけ潰れといてまだ……」

「お前って言わないでください」

「……あんだけ潰れといて、今日も飲むのか潮見さん」

「別に昨日も私はシラフでしたが」

何言ってるんですか？　という顔で首を傾ぐと、一臣はすごく何か言いたそうにしながら口を結んでいた。そこで、給湯室から慌てて出てくる麻友香の姿が見えた。お茶をお盆に載せて早足でやってくる。タイムリミットだ。

「場所、メールします」

「あぁ。楽しみにしてる」

そう言って会議室へと歩いて行った。寸前に、礼の首の後ろをさらっと撫でて。

「……え？」

一瞬のその感触にぞわっとしたが、お茶を出してまたすぐに戻ってくるであろう麻友香に備えて姿勢を正す。

戻ってきた麻友香は疲れ果てていた。給湯室からなかなか戻ってこなかったところを見ると、何かトラブルがあったらしい。

「すみません、北原さん。手伝いに行くべきでしたね」

「いえ、いいんです。私の不注意なので……」

「……何かありましたか？」

「っ……！」

途端に麻友香の顔は赤く染まる。はて。

「……北原さん？」

「し、潮見さん、私……」

両頬を自分の手ではさみ、目を泳がせながら麻友香は言った。

「……眞野くんと、キスしてしまいました……！」

「…………は？」

予想外の答えに凍りつく。今、なんて？

「……それは、どういう」

「給湯室に眞野くんがいて、最初は、世間話してて……もう何を話したかも覚えてないんですけど、気付いたら……」

麻友香は本当に驚いたのか、喜ぶというよりも放心状態だ。礼も混乱して、かけるべき言葉を見つけられなかった。麻友香は自分の中で処理しようと黙っている。礼もそれに合わせて黙る。黙るとどうしても、礼も侑太がしたことについて考えてしまう。

外で女の子と遊ぶのは、百歩譲っていいとして。社内で先輩に手を出すとはどういうことか。でも、家と会社は切り離すべきで、だから、帰ってからこの事を問い詰めるべきではないのかもしれない。だけど黙っていられる自信がない。

あぁ、自分は結構、怒っている。気付いて、深く息を吐き出した。

一臣と松原は一時間ほどで会議室を出てきた。二人の打ち合わせはいつも一時間だ。きっと無駄話もほどほどで、目的をはっきりさせて話をするのだろう。二人がさらさらと打ち合わせを進行させていく様が想像できた。絵になるな、とも思った。

この日も一臣と松原は、エレベーターホールに行くまでの廊下で別れていた。

「北原さんすみません、少し受付お願いします」

「はーい……」

北原の心ここにあらずな返事を気にしながら、礼は紙切れ一枚を手にエレベーターに駆け出す。松原はまだエレベーターホールで、下に降りるエレベーターを待っていた。

「あら、潮見さん。あなたいっつも帰り際に追い掛けてくるわね」

笑われて、確かにそうだと思いながら礼は紙切れを手渡した。

「……ん？」

「どうぞ」

「なに？」

「眞野からです」

「……主任？　が、何これ？」

「知りません」

不思議な顔をしながらそれを受け取った松原は、その紙切れを開いて更に不思議な顔をした。

「……ん？」

「確かに渡しましたので」

失礼いたします、と綺麗にお辞儀をして、笑わない受付嬢はその場を後にした。

メールの送信済み画面を確認して、礼はスマホを制服のポケットに仕舞い込む。

未だに放心状態の麻友香が、気力を振り絞って話題を振ってくる。

「潮見さんまたデートですか……？」

「……まぁ、そうですね。デートです。北原さん無理して話さなくていいですよ」

「いえ、なんか……黙ってると叫びだしそうで……」

「…………無理だとは思いますけど、忘れるのが正解かと」

「無理です！」

「でしょうね」

即答した麻友香の顔はまた赤くなった。時間が経てば経つほどに、侑太の罪は重くなっていく。礼は息をついた。来客がないことを確認し、髪を縛りなおそうとヘアゴムを解く。

「くくってたら気付きませんけど、潮見さんだいぶ髪伸びましたね」

「そうですね。確かに最近乾かすのに時間がかかります」

「伸ばしてるんですか？」

「いえ、特に意識しているわけでは……」

「ふーん……」

髪をいつも通り左に流すようにくくりなおしていると、じっ、と麻友香の視線を感じた。

「……なんですか？」

「……いえ。なんでもないです」

ふい、と麻友香は視線をはずして〝あーあ〟と嘆く。さすがに引きずりすぎじゃないかとも思ったが、身内のしたことなので軽いことは言えない。礼は反応せずに背筋を伸ばし、姿勢を正した。

今日は長い一日だったなと思いながら帰り支度。二時間近く前に一臣からきていたメールの返信は〝了解〟の二文字だけだった。滞りなく進んでいることを確認して会社を出る。

「あれ。潮見さんデートじゃないんですか？」

化粧室でメイクをなおしていかないことを不思議に思ったのだろう。麻友香に声をかけられる。逡巡して、礼は返事をした。

「今日はまっすぐ帰ります」

「デートは？」

「譲りました」

「え、譲る……？」

よりわからなくなったという顔の麻友香を残して、足早に廊下を歩いていく。了解、という素っ気ない文面を思い出した後に、「楽しみにしてる」と言った一臣の顔を思い出した。一臣と二人だけでお酒を飲んだことはない。たぶん、これからもないだろう。レディーキラーカクテルを、礼が一臣から受け取ることはない。

電車に乗って、家までの坂道を上って。夕飯前の時間帯。家に帰る子どもたちと世間話をする主婦たち。不意に小さな声が耳に入ってくる。

〝あの人よ〟

自分のことかと気付いて一瞥(いちべつ)するが、それだけで通り過ぎて行く。

〝いつも違う男連れてるの。しかも堂々と手を繋いで！　修羅場になんないのかしらねぇ〟

「…………」

まぁ、そうなりますよね……。

噂には尾ひれがつく。たとえ相手が二人だろうが〝いつも違う男〟になる。遊んでいると思われるのはどうにも嫌だけど、こんな関係が他人に理解されるわけがないことも、わかっていた。

侑太はいつ帰ってくるだろう？　一臣の夕飯は要らないと決め込んで、二人分の献立を考えながらスーパーへ寄り道する。

――いつの間にか眠っていた。帰宅してから礼は、侑太のためにオムライスを作る準備をした。好きな食べ物で懐柔して話をしようという、昔からの作戦。

伏せて眠っていたテーブルから体を起こす。姿勢がよくなかったのか体の節々が痛む。あの二人が大人になっているのだから、自分も歳をとるのは当たり前のことだ。認めたくはないけど。

時計を確認すると針は夜十時をまわろうとしていた。家にはまだ礼一人。オムライスになる前の、チキンライスの香りがリビングに広がっている。

一臣はもしかしたら、今夜は帰ってこないかもしれない。侑太ももしかしたら、帰ってこないかもしれない。侑太はこのまま誰か女の子の家に入り浸るんだろうか。それはあの吊り目の女の子だろうか。久しぶりに家に一人でいると礼は、なぜか、世界に自分一人しかいないような気持ちになった。

どうしよう、と迷う。やめておいたほうがいい。でも今ほどそこに行きたいと思うこともない。面と向かってしまうと、弱音や愚痴をこぼしてしまいそうだから、なるべく我慢している。二人がいるときにあの部屋に行けば、間違いなく何かあったんだと勘繰られる。

「………」

今は一人だから少しだけ、と自分を甘やかし、礼は立ち上がった。長い長い廊下を抜けて、掃除を侑太に任せている隅の部屋に辿(たど)り着く。すっと襖(ふすま)を開けて中に足を踏み入れた。

この和室にあるものは二つ。立派な仏壇と、そのそばに設けられた低い台の上に白い布、お線香立て、それから写真が置かれている小さな手製の仏壇。礼はその二つの仏壇にそれぞれ手を合わせた。

十全です。うまくいっています、ばっちりです。……なんて言おうものなら、嘘をつくなと怒られる。そもそも嘘のつきようがないのだ。礼がもたもたしていたこともたぶん見ているし、侑太にベッドに侵入されたこともきっと見ていて「脇が甘いのよ」と冷たい目でいただろう。一臣と体を繋げてしまったことに関しては、嘆かわしいと頭を抱える姿まで目に浮かぶ。申し訳程度につくられた小さな仏壇に手を合わせ、大きな仏壇にはもう……顔向けさえできない。ごめんなさい。本当に申し訳ありません、と、礼は深く深く拝んだ。

そんな時だ。玄関の戸がカラカラと開く音がして、すぐ後にどしんと地面が響く音がした。帰ってきた。どっちだろう？　あぁでもこの部屋にいるのは見られたくない。慌てて立ち上がり、礼は仏壇のある部屋から脱出する。ほんの少しも音がたたないようにそろりと襖を閉めた。なんでもない顔をして玄関に向かう。

「………」

玄関に来てみて驚いた。てっきり、酔い潰れた一臣か、侑太が帰ってきたのだと思った。その予想は当たっていた。でも驚いた。

最高に機嫌の悪そうな顔をした侑太が、酔い潰れた一臣の肩を担いで帰ってきたのだ。侑太は一臣を重そうに担いで、片膝を玄関についている。さっきの地響きはその音のようだ。

「礼ちゃん、水」

「あ、うん」

礼の姿を見るなり侑太はそれだけ言った。礼は従い、キッチンでコップにペットボトルの水を注ぐ。玄関に持っていくと二人はまた移動を始めたところで、一臣は一階の自室へ運ばれていった。一応自分の足で踏ん張っているようだが、顔は赤いし目がまわっているらしい。

「重いんだよっ……この、クソ兄貴がっ」

そう吐き捨てて侑太は一臣をベッドに投げた。一臣は「悪い……」と小さく詫びて、手の甲を額にあてて黙る。侑太も、自分より少し背が高い一臣を運ぶのには相当手を焼いたようで、疲れ果てて床に座りこむ。ネクタイを乱暴にはずしてそばに放った。

「一臣くん、水」

「あぁ」

「飲める？」

「飲めないから口移しして」

「死ね」

潰れていてもさらっと要求する一臣に、侑太が間髪いれずにつっこむ。一臣は小さく
「死なねぇよ……」と呻いた。

「……どういう状況？」

やっとのこと礼が尋ねると、侑太はいつもの無表情を少しだけ苦々しく歪ませて答える。

「すぐそこの公園のベンチで潰れてたから拾ってきただけ。なんでこんな酔ってんだって訊いてもまともに答えない」

こんなに酔っている理由なら、礼にはわかっていた。本当にあの人は、自分だけじゃなく相手もきっちり酔わせる。

礼は屈んで、ベッドに転がっている一臣に話しかける。

「一臣くん一瞬だけ起きて。スーツ、脱がないと皺になるよ」

「ん……」

小さく返事をするとゆっくり起き上がった。礼が正面からジャケットの肩のところに両

手を入れると、脱がせやすいように身をよじる。

「脱ぐくらい自分でできるって。礼ちゃん甘やかしすぎ」

そう文句を垂れる侑太に、自分だってネクタイ結ばせたくせにと思った。言わなかったけど。本当に手の焼ける兄弟だ。

するっと一臣の体がジャケットから抜ける。礼の首元に寄せられた一臣の頭に、一瞬だけ考えた。どれだけ身を寄せあったら、こんなに匂いが移るんだろう。ほんのわずかに感じ取った松原の香りに、礼は至近距離でカクテルを飲む二人を想像する。

「なぁ」

一臣の声ではっとして、自分が固まっていたことに気付いた。スーツのジャケットを畳んで自分の腕にかけながら訊き返す。

「なに？」

「なんなんだ、あの人。なんであんな意味わかんないくらい飲むの……？」

「……誰の話かな」

しらばっくれて一臣のそばを離れる。その間にもスーツに移った匂いが気になる。侑太が怪しむ顔で二人のやりとりを見ていた。

「礼。俺さ……」

頭が痛むのか、上体を起こしていても一臣は顔を伏せている。弱々しい声をかろうじて聴き取る。

「楽しみにしてたんだ、結構」

「……」

何も言えない。楽しみにしてくれているんだろうなとは思っていた。約束をした後のオフィスに戻っていく後ろ姿。了解、って二文字だけの素っ気ないメール。少し浮かれた一臣を思い浮かべていた。……でも関係ない。それよりも大事なことがある。

「……楽しかったでしょう?」

そう尋ねると、一臣が顔を上げた。礼は責められるかと思って、表情を崩さない準備をする。けれど彼は何も言わずに。何か言いたそうに、普段は優しい目を少しキツくして見てくるばかり。

「……もう寝る」

視線が交錯した後にそれだけ言って、またベッドに倒れた。背を向けて。

「……なんなの」

礼が小さく不満をこぼしても、一臣はもう寝息をたてていた。

心にもやもやとよくわからないものが広がる気がしたが、気にしないように礼は立ち上がる。一臣のスーツを片腕にかけたまま、布団を彼の上に被せた。何してたんだっけ、とリビングへ戻ろうとしたとき、はたと、まだ床に座ったままでいた侑太と目が合う。

「……」

「……二人の世界に入りすぎじゃない？」

そんなことない、と言いたかったが、言えなくて。別の言葉でごまかした。

「侑太はごはん食べた？　今日、オムライスだけど」

「食べたよ」

「……そう」

「礼ちゃん」

「なに？」

床に座ったままの侑太を礼が見下ろすようにして、そばに近寄る。すると侑太はまっすぐ両手を伸ばしてきた。

「……立てないの？」

ほんとに手の焼ける兄弟……と思いながら、伸ばされた両手を掴んで、引っ張りあげようと握る手に力を込めた。しかし次の瞬間、礼の膝は曲がり前屈みに倒れる。

「えっ」

礼が引き上げるよりも先に侑太が礼を強く引っ張った。侑太のほうが一瞬早かったというだけで、力は拮抗（きっこう）することなく、礼はあっさりと侑太の腕の中へと体勢を崩した。

「あ、ぶないでしょ……なに？」

侑太の胸に耳をつけるように倒れてしまって、礼に彼の表情は見えない。怒っているのか、笑っているのか。

「礼ちゃんはさ。〝全然心乱されません〟〝流されません〟って顔してるけど、ほんとは一番人間ぽいよね」

「……」

「いっぱい迷ったり葛藤したりしてる。俺らには見せないけど」

「……何が言いたいの?」

「言いたいことは特にないよ。ただ……結局こんなことになってて、むかついただけ」

「っ」

侑太は言葉を切るやいなや、首の後ろを指先で撫でてきた。突然の感触にぞくりと背筋が震える。

「……こんなことって?」

首の後ろを撫でられて体がビクつくのを身をよじってごまかす。この感覚は、今日もどこかで。

「気付いてないの? 礼ちゃんが気付いてなくても誰かが気付いてると思うけど。こんな目立つところ」

「は」

「自分じゃ気付かないくらい意識とんでたんだ？　一兄とヤッて」

「っ」

侑太の口調は段々責めるようにキツくなっていく。彼が言っているのはたぶん、首の後ろのことだろう。昼間、一臣もなぜか同じところを撫でていった。

「……ほんとに？」

ほんとにつけていたのか。侑太の直接的な物言いに辱められながらも、礼は、まだそこにキスマークがあるのか疑っていた。本当に記憶にない。だとすればそれは、意識を手放している間か、眠っている間につけられたものだ。

自分では確認できないそれを指摘され、頑張って後ろを振り返って見ようとするが見えるはずもなく。

「……いろいろ、嫌な想像できちゃうとこにつけたね、一兄も。なに？　後ろから挿れられた？」

「……侑太。そういうこと言うのやめて」

「俺がいないのをいいことに抱き合ってたんでしょう？　獣みたいに」

そう言いながら侑太は胸から礼を引き剥がし、そっと床に押し倒した。礼は横向きに倒されたところからちらりと侑太の顔を覗き見る。切れ長の目に仄かに灯る欲情。それは初めて見る侑太の顔だった。いつだって、体を触られはしても、侑太にはどこか遠慮があった。侑太が〝身内〟という一線に阻まれてどうしても躊躇する、ただそれだけのことで最後の距離は守られていた。ついこの間までは。

　家族のようなものだから、何をしたって本当には嫌われないし、傷つけられることもない。そんな甘えが彼を傷つけてきたかもしれないと。情けないことに、礼がそれに気付いたのは最近のことだ。

　ゆっくりと覆い被さってきた侑太は、どこよりも先に礼の首の後ろに口付ける。指先とはまた違う感触に背中が震える。

「っ、侑太、やめっ……」

「俺だってやだよ。一兄と間接キスとか気持ちわりぃ……でもこんな痕残したまま抱いても萎える」

「抱……？」

「抱く。犯すって言ったほうがいい？　そのほうが興奮する？」

　冗談みたいな口調なのに、侑太の目は本気だ。

　礼は迷っていた。叫んで、一臣を起こすべき？　でもあんなベロベロじゃあてにならない。判断力が落ちている一臣が侑太を加減なく殴りでもしたら、それこそ笑えない。

「……無抵抗なんだ？」

　それだけ耳元で囁いて、すぐに唇は首の後ろへ戻っていく。ついてしまった痕はどうしたって消えないのに、どうすれば満足なんだろう……と礼が不安に思っていると、突然首の後ろに、ずぉっ、と血液が吸い寄せられる感覚。

「いっ、た……侑太、っ、痛い……！」

なるべく刺激しないために大人しくしていようと思ったのに、突然の痛みに礼は小さく声をあげてしまう。それでも侑太は口を緩めず、血はその一点に集められる。チリチリと痛んで感覚がなくなっていく。痛い。本当に血を吸い取られているみたいに、痛い。

抵抗のしようがなかった。横を向かされたまま両腕を一つにまとめて片手で拘束され、もう片方の手は首裏に口付けるために髪を押さえておくのに使われて。侑太にはそんな余裕があるくらい、二人の力の差は歴然としている。痛いと喚いても止めてくれないことを悟り、礼は諦めてぎゅっと唇を結ぶ。いつも以上にへの字に曲がる唇を気にして、侑太は肌を吸う合間に囁いた。

「唇噛んじゃダメだよ。血が出る」

息継ぎするようにそう言ってまた肌に吸い付く。今度はわざとらしく、水っぽい音をたてながら肌を食んだ。何度も何度も。――もうきっと、どうしようもなく濃く色づいているのに。何度も。

どれくらいそうしていたのか。やっと満足したらしい侑太は礼を解放し、上体を起こす。

「はぁ……唇腫れるわ。ヒリヒリする」

そう言う彼も疲れたようで息が荒い。礼に至っては、痛みに耐え続け、起き上がる気力もない。

「……ははっ。やーばい、礼ちゃん。何されたらそんなことになんのってくらい、首の裏真っ赤」

「……誰のせいで」

「ほんと誰のせいだろう？　元を辿れば誰が悪いのか、俺ももうよくわかんないんだよね」

「………………」

悪いのは誰？　礼を抱いた一臣か。誘った礼か。礼をこういう風にしたあの人か。こんな三人を家族にした駄目な大人たちか。それは礼にもよくわからなかった。

横を向いたままうずくまっていた礼の体を侑太が解く。さっきは片手でまとめて拘束していた両手首を片方ずつ摑んで押し開く。開かされた胸に、何をするんだと目で訴えると鼻で笑われた。

「一兄は朝まで目ぇ覚まさないと思うけど、あんまり礼ちゃんの声が大きいと起きるかもしんないね。……目が覚めてすぐそばで俺らがセックスしてたら、一兄どんな顔するかな？」

「……一臣くんを傷つけたいわけじゃないでしょう」

「……どうだろ。結構俺は、我慢したと思うよ。自分が寝てるそばで二人がキスしてたって気付かないフリしてたし、子どもの割に、大人だったと思うけど」

「……」

「でも俺がいない間に二人が、したんだなって思うと……さすがに頭んなかおかしくなりそう。……なんで？　礼ちゃんはやっぱ一兄のことが好きだったの？」

「違う、そうじゃない」

ふるふると礼が首を振ると、侑太の無表情が少し悲しそうに歪む。否定しても悲しそうなんて、彼はなんと言ってほしいんだろう。

「じゃあただのビッチだったんだ」

「……」

「……返事してよ」

侑太の泣き出しそうな声を聴きながら、礼はいつもと同じことを考えていた。


――もう選んでいる。とっくに、選んでいる。

今にも泣きそうにくしゃっと歪んだ侑太の頭をそっと抱き寄せた。同じ家に住んで同じシャンプーを使い、同じ柔軟剤を使っているのに、礼とも一臣とも違う匂いがする。小さい頃から変わらない。お日様の清潔な香りがするのだ。そのことを侑太に教えてあげたことはない。

「……礼ちゃん？」

強気に過激な言葉で攻めてきたくせに、礼から腕を伸ばせば戸惑ったような声を出す。侑太に本当にそこまでの度胸があるかどうかは、別にして。礼がもう選んでいるという前提であれば、礼が侑太に取るべき態度は決まっていた。

「いいよ、しても」

「……」

「セックスがしたいんなら、いいよ」

「……ほんとにビッチ」

「なんとでも」

「悪い女ぶっても嫌いになってあげないよ」

「知ってる。侑太は、私を嫌いになれないよね」

「礼ちゃんもね」

「…………」

「本当は嫌ったっていいはずなのに。俺たちと礼ちゃんは血が繋がってるわけじゃないんだから。それなのになんでも最終的に許しちゃうなんて、変だ」

そう言いながら侑太はぺろっと小犬のように礼の首筋を舐める。言われていることの複雑さに思考が追いつかないまま、舌のざらついた感触に意識を持っていかれる。ぞくぞくする感覚だけに全部飲み込まれてしまわないように、しっかりと意識を掴みなおして、礼は口を開いた。

「……嫌いには、ならないけど」

「ん？」

「昨日はどこに行ってたの」

「……束縛？　礼ちゃん重い。……かわいい」

「っ」

チリっと首元に痛みを感じて、また新しい痕を残されたと気付く。今度は正面に。鏡を見て、自分からも見えてしまうところに。やめてと言おうとした。痕は困ると。一臣にも言ったそれを忠実に、同じ言葉を言わなければいけないと思った。でもそれを言ってしまうと、この話題はこのまま流されてしまう気がする。

「侑太、真面目に……ちゃんと答えてくれなきゃ、しない」

「この体勢で言うんだそんなこと。答えなくたってもう逃げられないじゃん」

「……逃げられるわよ。なりふり構わなければ」

「なりふり構わない礼ちゃんはちょっと見てみたい」

「っ……」

ブラウスの下から手を差しこまれる。すっと、ゆっくり手のひらは肌を這って、ブラのカップの形に添って胸をやんわりと覆う。触れてきた。最初から躊躇のないその手の動きだけでもう、冗談で済ませる気はないのだと確信する。

「いいよ、ちゃんと答える。でもこのまま」

そう言って、大きな両手でふにふにと胸を揉んでくる。そのまま直視してくるのでさすがに恥ずかしくなって、目を伏せる。

「……あっ」

「……これ照れるね？　自分でしといてなんだけど、顔見ながらってなんか……変な気分になる」

「っ、じゃあ手どけて」

「無理。やっと触れたのに簡単に離すわけないでしょ。また握り潰されそうになるのもかなわないし……。それで、なんだっけ？　訊きたいことは」

侑太の「照れる」なんて真に受けちゃいけない。彼はめちゃくちゃ遊んでいるし、女慣れしている。その証拠に胸を触る手にも絶妙に緩急をつけてくるし、力の加減も。少し痛いくらいの強さで握りしめてくる。

「昨日、どこに……」

「昨日？　の、夜のこと？　同期の家だよ」

「それってあの、綺麗な子の……？」

「……うん？　誰のこと言ってるのかよくわかんないんだけど」

「……その、崎……、んんっ……」

「園崎か……なんでそう思ったのか知らないけど、それは礼ちゃんの勘違い」

侑太は話の途中で、何食わぬ顔でブラをずり上げてくる。

「あ、ん……」

直接乳房に触れた手のひらの感触に思わず甘い声が出た。侑太はそれに小さく笑うと、そのまま双丘を優しく包みこんでまたゆっくりと揉みしだき始める。

「昨日は、研修のグループ発表課題が終わらなくて。飲んだ後みんなで同期の部屋に泊まったんだ」

「嘘」

「なんで嘘？」

なんで、と訊かれれば、先入観だ。気付いて礼は何も言えなくなる。

「……もしかして嫉妬した？　園崎に」

「っ……！」

「そっか」

嬉しそうに目を細めながら、指先で先端をきゅっとつねってきた。声を出さないように歯を食いしばってぱっと顔をそむける。

「……質問はそれで終わり？」

「……北原さんにキスをしたのは、どうして？」

その質問にも、侑太はおかしそうに喉の奥で笑う。

「やっぱりあのお姉さん、しゃべったんだ。礼ちゃんと仲良いもんね」

「それを知っててどうして……」

「だからだよ」

「……は？」

「身近な人と俺がキスしたって知ったら礼ちゃん、気になったでしょう？」

「そんな理由で……？」

うん、と返事をして侑太は礼の顎にキスをする。

「……呆れた。幼稚すぎる」

「なんとでも言えば」

そう言う間も侑太は手を休めなかった。力を加えて形を変えるようにぐにぐにと胸を揉みながら、谷間に顔を埋めて目をつむる。

「柔らかいなぁ……ずっと触ってられそう」

「……いつだって触れるじゃない。他の女の子のを」

「嫌味言ってるつもりかもしれないけど、全部かわいく聴こえてるからね。妬いてるの？」

「そうじゃない……」

「手のひらに尖ったのあたるんだけど」

「っ」

「じわじわ気持ちよくなってきたんじゃないの。この分なら下も準備できてるよね」

もう覚悟していたはずなのに、それでも侑太の興味が下半身へ移った途端に〝まずい〟と心が慌てだす。躊躇する理由のない侑太はブラウスの中から手を抜いて、表情の変化を逃さないようじっと礼の顔を見つめながら、そこに触れてきた。

「っ……」

指の腹が割れ目を撫でていく。その感触だけでわかった。礼のアソコは、もう。

「……胸だけで濡れすぎじゃない？　……あぁ、一兄がそこにいるからか」

「だからっ……そうじゃないっ、て……っあ……！」

「……まぁいいや。一兄としたことなんか霞むくらい、めちゃくちゃに抱いてあげる」

「待って、ここじゃ嫌っ……」

「駄目だよ。少なくとも一回はここでする。そのほうが礼ちゃんも感じるでしょ？　声、ちゃんと自分で我慢してね」

その言葉の直後、大きく開いた口が礼の唇を食べるように包みこんだ。

「ん……んんっ……」

上唇も下唇も交互に食まれながら、同時に割れ目を擦ってくる指に腰が震える。侑太の指の腹が何度も濡れそぼった割れ目を往復して、その度に敏感に尖った部分を刺激していく。幸か不幸か、礼の喘ぐ声はすべて侑太の口の中へと吸い込まれていった。

唇を味わうようにしてまったく口を離そうとしない侑太に、礼は薄く目を開く。すると、距離が近すぎてパーツしか見えない侑太の目は、きつく閉じられていて、必死で。下半身のもどかしさがありつつも、礼は思わず、その眉根に釘付けになった。

「……はぁっ」

やっと侑太が口を離した頃。唇が腫れるように痛い。熱い。

侑太は下で割れ目をなぞっていた手を一度止めて、じっと礼を見つめてから、空いていた手の親指で唇をぬぐってきた。

「……柔らかいね、礼ちゃんの唇。ほんとに……ずっと、ここにキスしたかった」

そう言いながら侑太は礼の耳を親指と人差し指で挟んでさすり、ちゅっ、ちゅ、と何度もキスを唇に落とした。礼はもう抵抗せずに、降ってくるそれをただ受け止める。

「……ん、んー……」

また少しずつキスが、深く、長くなっていく。

耳を愛撫していた手が、急にがっと礼の後頭部を掴んだ。

「っ……?」

突然の乱暴な手つきにびくりと身を震わせると、侑太は唇をつけたまま言う。

「もっと口開けてっ……」

「んんッ、ふ、んぅ……!」

少しの隙間に舌を差し込んで口の中を激しく貪る。歯の裏や頬の粘膜をあますところなく舐め尽くし、口を吸って溢れる唾液を飲み込んでしまう。余裕のないキスだった。一臣とするのとはまた違うキス。すごく、欲しいと言われているかのような。

同時に、割れ目を往復してばかりいた指が、蜜の垂れる穴を出入りした。

「んっ、んッ……あ、んんっ」

舌先が唇の隙間を割って入るのと同時に、指先が蜜壺の中へと沈められる。侑太の舌が頬の内側を舐めると、それに合わせて長い指がぐるりとナカのざらついた襞を撫でた。キスに合わせたその動きにじんじんと脚の間が疼いて、漏れ出る声もだんだんキスでは防げなくなる。それに気付いたように侑太は唇を離した。さっきとは違い、二人の口の間に唾液の糸が伝う。礼はすっかり蕩(とろ)けていた。

息があがって興奮気味の侑太が、耳元で囁く。

「礼ちゃん。……礼」

「っ!」

呼び捨てにされた瞬間ぞくぞくと腰が震えた。指を入れられたままのナカがきゅぅっと締まる。

「……今イきかけた？」

「ちがっ……」

「……なに、それ。かわいすぎるんだけど」

「あ、いやっ……指、やめっ……」

いつの間にか指が二本に増えていて、くすぐるようにばらばらと動いた。もう充分に濡れているところを掻き回されて、ぐちゅぐちゅと音をたてながら泡立つ。腰が溶けそうになりながらまだ疼く。礼のナカは、侑太を欲しがるように指を締めつけ続けた。

「礼……なんて、呼んだことなかったな。いつだって礼ちゃんは年上ぶってたし。……でもそんなところも好きなんだ」

「っ……」

低く艶のある声でそう囁かれれば、それだけでまたどこまでも濡れていく気がした。まだ指でナカを擦りあげられながら、下のほうから侑太がズボンのチャックを下ろす音が聞こえて。本当にここでする気なのかと、また焦って。でも今度は抵抗する気もなかった。

「……腰止まらなくなると思う。苦しかったらごめんね」

「……いいよ、激しくして」

この関係はたぶん、ちょっとだけ歪んでいるんだろうな、くらいの認識で。でも昔からそばにある大事なものを、これは変だ駄目だと自分で貶めることほど、悲しいことってないでしょう?

礼を奪う直前の侑太の顔には、はっきりと恐れの色が見て取れる。結局は嫌われないことを知っているはずなのに、取り返しのつかなさを恐れている。馬鹿ね、と礼は侑太の頬に手を伸ばした。一臣に許したことを、侑太には許さないなんてことはできない。なぜなら礼はもう選んでいる。

どちらも選ばない、ということを、もうずっと昔に礼は選んでいるから。

「礼ちゃん……」

侑太の掠れた声が名前を呼んだその後は、数え切れないほどのキスが降ってきた。

5．そうして僕らは大人になった

＊眞野一臣の身の上話

唐突だけど昔話をしよう。

二十年前。両親が交通事故で他界した。父親は曽祖父の代からの会社経営を引き継いでいて、俺が物心ついたときには裕福な暮らしと大きな家が当たり前のようにそこにあった。家には家政婦が一人いて、身の回りはいつも綺麗に整頓されていた。

突然なんの話って、流さないで聴いてほしい。いや、流してでもいいから聴いててよ。

温厚で人当たりがいいが、どこかふわふわと地に足がつかず抜けたところのある母親と、仕事の電話に出る時は常に厳しい顔でいたが、子どもの前では頬をゆるめ、大きな手で頭を撫でてくれる父親。今思えば、この二人の間でもう少し長い時間育てられれば、今とはまったく違う性格に育っていたかもしれない。鏡を見るたびに、母親譲りの目元だけが自分に残ったように思う。

　事故は家を幸福にしていた一番大事なものを奪っていって、当時十歳だった俺とまだ三歳だった侑太に、二人には広すぎるだけの家を残していった。両親は親族との折り合いが悪かったらしく、当時子どもだった自分には到底理解できないようなやり口で、遺産はどこかに消えてしまった。本当に家しか残らなかった。

　あぁ誰も助けてくれないんだな、とわかった後はもうどうしようもない。まだ子どもの自分たちが、二人だけで暮らしていけるはずがないことは十歳にだって理解できた。きっとこのままどこかの施設に保護されて、もしかしたら侑太とも、別々に生きていくのかもしれない。どうにもできないことを知っていて、上手に諦めることばかりを覚えようとしていて。ここで俺は一旦、理不尽に打ちのめされているはずだった。本当なら。


　葬儀の間、侑太はたぶん、両親が死んだということの意味もよくわからないまま泣いていた。声をあげて泣いたあと、喉が疲れたのか嗚咽だけを漏らして。侑太は泣き虫だった。犬に吠えられては泣く。電話口で誰かを叱りつけている父親を見ては泣く。両親の死はそれと比べられることではないし、泣くのは当たり前のことかもしれないけれど。泣いたからってもう甘やかしてくれる人はいない。「泣くな」とも言えず、ただ手を繋いでいた。

うちでは引き取れない、なぜなら……とそんな主張ばかりが聞こえてきて、明日からどうやって生きていこう？　と漠然と考える。両親の金銭感覚はまともで、子どもにはわずかな小遣いしか持たせていなかった。それが裏目に出たと言うべきか、手元には二人で数日食いつなげるくらいの現金しかなかった。

葬儀が終われば親族はそそくさと家を去っていって、後には子ども二人が残された。やっぱり、と落胆する。手の中にある二枚の千円札と数百円で、あとどれだけこの家にいられるだろう。雇い主のいなくなった家政婦はもうこの家には来ない。侑太は鼻をぐすぐすとすすりながら不安そうな目を向けてくる。でももう、なるようにしかならない。しゃがんで、まだ小さな侑太と目線を合わせる。泣き腫らした赤目が不思議そうにぱちぱちと瞬く。俺はなんと説明するつもりだったんだろう？　三歳の弟に、どうしようもないんだということをどんな言葉でわかってもらうつもりだったのか。十歳の自分の限られた語彙の中で、必死に言葉を探していたと思う。

だけどその必要はなかった。呼び鈴が鳴ったから。

「だれか、きた」

侑太の目が不思議そうにぱちぱちと瞬く。空洞のようにただ広いだけの家の中に、その呼び鈴はいやに響いた。もうこれ以上、何も奪わないでほしい。助けてくれる誰かだとは思えなくて、すぐに戸を開けに行くことができなかった。するとまた呼び鈴が鳴る。その後も、間隔をあけて何度も何度も。

「……でないの？」

侑太の不思議そうな目にもだんだん不安の色が帯びていく。

「……でてくる。ここにいろよ」

そう言って居間に侑太を残し、玄関へと向かった。日が暮れてすっかり暗闇になった外の様子は、磨りガラスを通すとぼんやりともわからず、不安を煽る。けれど外からした声は、意外にも聞き覚えのあるものだった。

「ごめんください」

その声は馴染みのある、家政婦の、潮見妙（たえ）の声だった。

＊潮見礼の秘密の話

隣で侑太が寝息をたてている。手を繋がれたまま、ぼーっと天井を見ながら、思い出していた。昔のこと。

「あたしと一緒に来るかい？」

八歳の私に向かって、妙さんはそう尋ねた。

「……どこへ？」

「大きなお家。礼より小さくて泣き虫な男の子と、礼より大きくて静かな男の子がいるよ」

「男の子ばっかり……」

たぶん私は嫌そうな顔をしたんだろう。妙さんは〝あんたはヘタレねぇ〟と笑った。諦めたのかな、と思ったら、妙さんは部屋の奥にいたお母さんとお父さんに「この子は預かるからね」とキツめに言って、さっさと準備を始めてしまう。お母さんとお父さんは良いとも悪いとも言わなかった。それが答えだと思った。

昔はこうじゃなかったのに。私の家は裕福だった。おじいちゃんがたくさん努力して会社を大きくした。だから潮見の家は苦労や貧しさとは無縁。両親から愛されて、与えられないものなんか何一つなくて。幼少期のあの完璧な幸福は、私の記憶の中でただ一ついつまでも浮いた存在。その幸福は、そう長くは続かなかったから。

おじいちゃんがお父さんに後を継がせなかった。「同族経営は会社を駄目にする」と主張して、お父さんに重要なポストを与えなかった。たったそれだけのことで、驚くほど簡単に家族は駄目になった。お父さんとお見合い結婚をしたお母さんはすっかり冷めてしまって。お父さんはすっかり気力をなくして、家にいることが少なくなって。あれだけ愛されていたのが嘘のように、両親は私に無関心になった。育児放棄、と言うほどではない。食事は与えられたし、服も寝床もあった。愛だけがなかった。何を与えられても、あぁこの人たちは義務感だけで自分に接しているんだなぁと、八歳の子どもが感じてしまうほどに。だから妙さんが私を連れ出そうとしたとき、ここに留まる理由もないか、と子どもながらに思った。


そこからはもう超急展開。気付いたら、妙さんに手をひかれて立派なお屋敷の前にいた。

「今日からここに住むの」

「えっ」

「でもお姫様になるわけじゃあないわ。今日からあなたはこのお家の召し使い。あたしも召し使い」

「召し使い……？」

それって何をするんだろう……。やっぱり私は嫌そうな顔をしたんだと思う。妙さんはそれを目敏く見つけて笑った。顔のシワがくしゃりとなって、深くなる。

「そう、召し使い。でも、実は召し使いは仮の姿」

「うん……？」

話があっちへ転びこっちへ転び、妙さんの言いたいことはさっぱりわからない。仮の姿？

「本当は、ある兄弟を幸せにしにきた魔法使いなのよ」

「……」

その時の私は珍しく、嫌そうな顔をしなかったんだろう。

「あら、意外とノリノリね」

私の顔を見て、妙さんはそう言った。本当にノリノリだったかと言うとそこまでは覚えていないけれど、当時衝撃を受けたことは覚えている。見た目にも大きいその家は、中もうんと広かった。それなのに住んでいたのは、男の子が二人だけ。初めて会ったときの二人は今とは少し違っていた。侑太は突然やってきた私に驚いて泣き出してしまうし、一臣くんは目を合わせてもくれなかった。やりにくい！　と思ったけれど、かく言う私もきっとにこりともしなかっただろうから、お互い様だった。

「今日から四人で住みます」

「えっ」

驚きの声をあげたのは侑太だ。本当にびっくりしたのか涙がひいている。

「一緒に……？」

「ええ。妙と同じ家政婦ですよ、坊ちゃん。仲良くしてあげてくださいね」

そう言って侑太の目線に合わせてしゃがみ、召し使いの皮を被った魔法使いは微笑んだ。

一臣くんは相変わらず視線を合わせようとはせず、妙さんと侑太のやり取りを探るように見ていた。

四人の生活はとてもまともだった。朝、全員揃って〝いただきます〟を言う。帰ってきたら玄関で、大きな声で〝ただいま〟を言う。

妙さんは自分と私のことを家政婦と言ったけれど、一臣くんと侑太はとてもよく家事を手伝った。侑太も泣いていたのは最初だけで、少し慣れれば戦隊モノのテーマ曲を一緒に歌ってとねだってきた。それから私は朝の特撮番組を一緒に観るようになり、テレビにかじりついてその曲を覚えた。二人で歌えるようになると一臣くんがちらちらと見てくるようになって、なんだろう？　と思っていると侑太が「お兄ちゃんも」と誘う。いや、お兄ちゃんは歌わないいんじゃないかな……となんとなく思っていると、一臣くんはテレビで放送されない二番を口ずさみだした。混じりたかったのか、と。意外で、それがちょっとおかしかった。

まるで日常のように非日常が続いて、私は中学生になった。侑太と、一臣くんと、妙さん。特撮ヒーローの歌は歌わなくなった。歌おうと誘うと、小学生になったからか侑太は「恥ずかしいからいい」と首を振る。一臣くんを見ると、もうすぐ高校生だからか「俺が歌うのはおかしいだろ」とえらく素っ気ない。みんなしてそんな大人にならなくてもいいのに……と、密かにヒーローソングを気に入っていた私は残念に思った。

時間が経っても、妙さんの口癖は変わらなかった。

「召し使いは仮の姿だからね」

「私、召し使いってほど家事できてない……」

「あんた思いのほか家事のセンスないものね……」

「……」

眞野の家にやってきてから、炊事洗濯は一通り試してみた。誰かと一緒にやる分にはいい。一から一人でやろうとするとことごとく失敗した。お皿は何枚ダメにしたかわからないし、お風呂を空焚きして壊しかけたこともある。ご飯の味付けは分量通りでやったつもりでもおかしな味になる。

「……まぁ、仮の姿だからね。良しとしましょう。本職さえ立派にやり遂げればいいのよ」

「魔法使い？」

「そう」

もうとっくに、魔法を使うヒロインに憧れる歳ではなかった。それでも私は妙さんのこの口癖が好きだったから、漠然と自分の正体は魔法使いだと思っていた。もちろん魔法なんて使えない。

なんにもできないけれど、妙さんと私が魔法使いだということは、侑太と一臣くんには秘密だ。

＊眞野侑太の怖い話

隣で礼ちゃんはなかなか眠らず、じっと天井を見ていた。俺はもう寝たフリをして、彼女がそこにいることだけを確かめる。最近の礼ちゃんの動きは不穏だ。それは昔のことを思い起こさせる。

昔、この家にまだ四人で暮らしていたとき。礼ちゃんと一兄が中学にあがって帰ってくるのが遅くなると、俺は妙さんと二人でいることが増えた。

「坊ちゃん」

そんな風に、妙さんは俺のことを呼んだ。それは両親が家にいた頃もそうだったと思う。ただ妙さんはそう呼んで身分差を提示するものの、厳しかった。挨拶とかお箸の持ち方とか、食べ物に対する姿勢とか。何度怒られて泣いたかわからない。あの丁寧な口調で詰められる感じは、思い出しても身震いする。

今思えばあれは教育だったのだと、父親も母親もいなかった当時を思い出して考える。

妙さんには、一緒に台所に立っているときによく褒められた。

「坊ちゃんは物覚えもいいし、手先も器用ですねぇ」

礼とは大違いですよ、と苦笑する妙さんの横顔を見ながら、褒められるのは嬉しいことだと知って。気付けば料理が得意になっていたから、彼女の思う壺だったのかもしれない。

妙さんはこの時たぶん、三人だけでも生きていけるように準備をしていた。


なんの前触れもなかった。その日、礼ちゃんは中学の委員会で遅くなると言っていた。

俺と一兄はたまたま帰りが重なって、二人で家の中に入った。

「「ただいま」」

被せて言うなよ、と一兄が言って、そっちが被せたんだろ、と言い返す。一兄に言い返すようになったのはこの頃だったかもしれない。お兄ちゃんと呼ばなくなったのも。兄弟らしいと言えば兄弟らしい小競り合いをして、ふとお互いに顔を見合わせた。違和感に気付いたからだ。ただいまと言ったのに返事がない。

買い物にでも出ているのかと思った。でも靴はある。トイレかな、なんて特に不安もなく、たぶん一兄も同じくらいの気持ちで居間に向かって。目に飛び込んだ光景に、俺は声が出なかった。

「妙さんっ……！」

叫んだのは一兄だ。肩にかけていたスポーツバッグを放り投げて、うつ伏せに倒れていた妙さんの体を抱き起こす。

「おい、妙さん！」

一兄は何度も妙さんの名前を呼んで体をゆすった。俺は立ちつくしてそれを見ていた。

「……あぁ、坊ちゃん」

うっすらと妙さんの目が開いて、ほっとして。それでやっと俺の足は動いて、そばに駆け寄った。妙さんの顔は青白かった。

後になって知った話では、妙さんはもうずっと心臓が悪かったらしい。薬で騙し騙し生きていたんだと礼ちゃんは言っていた。まさか死ぬなんて思わなかった。だってこのとき妙さんは、最期の言葉にしては冗談みたいなことを言ったから。

「……坊ちゃんがた。二人とも、もっとそばに寄って。よく聴いてください」

まだ事態がうまく飲み込めないまま、一兄も俺も戸惑いながら、素直に彼女の口元に耳を近付けた。妙さんは言った。小さな声だけど、はっきりと。

「――礼に手を出したら、化けて出ますからね」

明らかに異常事態だったのに、言われた瞬間は俺も一兄もぽかんとしてしまった。……

礼ちゃんに、手を出す？　手を出すってつまり……どういうことだ？　具体的に何を指すのかはわからず、なんとなくだけ理解した。それだけ言い遺して、ほんとにそんな言葉を最後にして、妙さんは死んでしまった。

未だに俺たちは、妙さんの最期の言葉を礼ちゃんに教えられないでいる。

妙さんが死んでから、いろんなことが大変だった。救急車で運ばれて、意識を失ったまま病院で事切れた妙さんを礼ちゃんは看取った。俺はわんわんと泣いた。でも礼ちゃんは、目を伏せて見つめるだけで決して泣かなかった。泣くことなく、淡々と、病院の廊下に出て公衆電話からどこかに電話をかけていた。

その後葬儀があって、そこで見知らぬ夫婦が取り仕切っていたので、電話はその人たちに掛けたのだとわかった。畳の部屋で坊さんがお経を唱えるなか、小さく礼ちゃんに、あの人たちは誰かと尋ねると、「私の両親」ときりっとした顔で答えた。嘘だと思った。だってあの人たちは、ここへ来たとき礼ちゃんに見向きもしなかった。親ってもっとこう……。

俺は自分の両親の葬式のことを思い出したり、礼ちゃんはなんであの両親のもとに生まれたんだろうと思ったり、妙さんがいなくなったことが悲しかったり、これからどうなるんだろうと不安に思ったり。何に対して泣けばいいのかわからなかった。隣を見れば礼ちゃんはきりっとした顔で姿勢良く正座していて、それがなんだか余計に苦しくて。妙さんに、ごめん、と心の中で謝った。早速最後の言いつけを破ることになったから。

ぐっと嗚咽をこらえて、礼ちゃんの膝に置かれていた手を握った。

――同時だったかもしれない。礼ちゃんのもう片方の手を、一兄が握っていた。いつも通りの無愛想な顔で、目を伏せて、握っていた。

そうして葬儀が終わると礼ちゃんの両親は〝役目は果たした〟と言わんばかりに、礼ちゃんに声をかけるでもなく帰ってしまった。四人で暮らしていた家に、たった三人。一人欠けただけなのに、その一人の存在は俺たちにとって大きすぎた。

今度こそもう、暮らしていけない。両親が死んだ頃の一兄の歳に近付いていたから、二人きり取り残されたときの一兄の気持ちが少しだけわかる。生きていくにはお金がかかる。学校に行くにもお金がかかる。大きな家も、そこにあるだけでお金がかかるらしい。それを妙さんは、見えないところでなんとかしてくれていた。魔法使いのようにぱぱっと、俺たちにとってのいろんな不都合を、目に見えないところに隠してくれていた。もうそういうわけにはいかない。

葬儀のあとも、三人になった家には重くて息苦しい空気が流れる。一兄は言った。

「……俺、高校には行かないで働くよ。この家には住めないと思うけど、もっと小さなところでなら、もしかしたら」

きっと死に物狂いで働く気だったんだろう。高校受験も全部やめて、俺と礼ちゃんを守ってくれる気だったんだと思う。でも幼いながら、それは現実的ではないと俺にもわかった。一兄もわかっていたから、言葉はどこか宙に浮いた。三人で暮らすことにこだわるのは難しい。

でも嫌だった。一番無力な自分が言うとひどくわがままだとわかっていたから、口には出せずにいたけれど。この家から離れたくないし、一兄と礼ちゃんのそばにいたい。思うだけしかできなくて、また泣き出しそうになったとき。礼ちゃんが、葬儀のあと初めて口を開いた。

「私に任せて」

妙さんによく似た顔で、穏やかに笑っていた。

どうにかできるわけがなかった。だけど礼ちゃんの声はとても静かで、凛としていて、熱量をもっていて。妙さんに似たその笑い方には強さがある。

任せてとだけ言って礼ちゃんは、葬儀に出たセーラー服のまま、何も持たずに出ていった。一体何をしに出ていったんだろうと、その時の俺にはまだ現実的な想像力がなくて、それで、ほんとにわからなくて。一瞬遅れて一兄がばっと顔を上げた。

「っ……あの馬鹿っ」

見たこともないくらい顔を歪めて、一兄は一人吐き捨てた。俺は驚いて、どういうことかと訊くこともできずに。

「侑太、お前はここにいて、礼が帰ってきたら捕まえといてくれ。絶対もう外に出すな」

「わ、わかった」

その一瞬だけのやり取りで一兄もどこかへ行ってしまった。礼ちゃんを探しにいったんだろう、とはわかったけれど。

「……」

広い家で一人になった。家の中にいるのに、俺は一人蚊帳の外だった。

一人で待っている時間、何をして待っていればいいかわからずに。宿題は、学校を休んだから出されていない。礼ちゃんがこの家のために何かをしようとしていて、一兄が礼ちゃんを探しにいっているときに、自分だけテレビを見ているというのも何か違う気がして。でも何もしないというのも不安で。

俺は一人、昔よく三人で歌ったヒーローソングを口ずさんでいた。一人の部屋で自分の声はひどく頼りなくて、余計に心細くなって。俺は確かこの日に、初めて一人で台所に立った。二人は帰ってきたらきっとお腹をすかせているだろう。冷蔵庫を確認すると、妙さんが生前買い置いていた食材がまだ残っている。簡単な炒め物くらいならできそうだ、とあたりをつけて、手を洗う。

結論から言うと、二人はちゃんと帰ってきた。最初に一兄が。散々走り回って探したのだろう。へとへとに疲れて、でも悔しそうな顔で帰ってきた。礼ちゃんを見つけられなかったのだ。ごはんを食べるかと訊こうとした。その時に、礼ちゃんも帰ってきた。出て行ったままのセーラー服で。何も持たないまま帰ってきた。どこに行っていたんだろう、と思いながら、それを訊くのは自分の役目じゃない気がした。

ごはんを食べるかと訊こうとした。礼ちゃんの暗く虚ろになった顔に、一兄は苦々しく顔を歪めていて、なんだか、ごはん、とか言える雰囲気じゃなかった。誰も口をきかないまま三人で居間に座る。浮かない顔をした礼ちゃんが最初に口を開く。

「……大丈夫」

大丈夫だと礼ちゃんは言った。俺には、なんのことを言っているのかさっぱりわからなかった。

「……何が」

それは一兄も同じだったようで、腕を組んで、イライラした声で礼ちゃんに尋ねる。

「何が、大丈夫だって?」

「まだここで暮らしていける」

「どうして」

「……」

待った。


「……礼。お前、まさかとは思うけど」

一兄が、礼ちゃんの行動にどんな予測を立てていたのか。その言葉の続きを息を飲んで待った。

「——体。売ったりなんか、してないよな」

悟らせないつもりだったんだろう。礼ちゃんは表情を大きく崩すことはなかった。でも長い時間一緒にいたからわかるくらいの、微妙な変化。黒目が不自然に動いて睫毛が震える。それだけのことで動揺したとわかる。

気付かれたとわかったようで、礼ちゃんは諦めて肩を落とした。

「……どうしてわかったの？」

肯定としかとれない礼ちゃんの受け答えに、一兄はさっと立ち上がった。体を売る、なんて言葉の意味を、このとき俺がちゃんとわかっていたとは思えない。一兄は礼ちゃんの腕を引っ張って立ち上がらせ、連れて行こうとした。

「一臣くん、痛いっ、どこ行くのっ……」

「風呂場」

「待って！　その……違う」

「何が？　何がっ……」

苛立った声で一兄は、礼ちゃんの手を乱暴にひいて、それなのに一兄自身が泣きそうになっていて。礼ちゃんはただ違うと繰り返した。

「ちゃんと……説明してくれ。何が、違うって？」

ようやく少し落ちついて、一兄の口調が優しくなったとき。礼ちゃんも少し落ちついたのか、ぽつりと話しだした。

「一臣くんが言うみたいなことを、しようとしてたのは本当。……でもできなかった。途中で見つかって、やめなさいって言われて」

「……誰に？」

そこで一瞬、礼ちゃんは口ごもった。

いつも凛としていて格好いい礼ちゃんが、少し気弱そうにしているのが珍しくて。俺はそれを不思議な気持ちで見ていた。礼ちゃんは小さな声で言った。

「………………おじいちゃん」

6．加速する問題だらけの日々

酔っ払った一臣を侑太が抱えて連れ帰ってきた日から、ちょうど一ヵ月が経った。

「なにカリカリしてるんだ、礼」

朝、出社前に新聞を広げてコーヒーを飲みながら一臣は、それとなく訊いてくる。

「カリカリなんてしてませんけど」

礼は困った。こんなのどんな言い方をしても怒っているみたいだ。内心で自分の声の無機質さを嘆く。侑太は、一臣が読んでいる新聞に挟まれていたスーパーのチラシに視線を落としながら、無神経に言う。

「生理だから仕方ない」

「あぁ、そうなのか」

「……」

セクハラだ。びっくりした。セクハラだ！

抗議しようかと思ったが、どうも二人に悪気はないようだ。二人との生活はもうだいぶ長くなるが、この方面からのセクハラは初めてだったので礼は密かに戸惑った。二人には気を遣って、そういうものも目につかないようにしていたのに……。カリカリしてなんかいなかったのに、わなわなと腹だたしくなってくる。

今日は先に出よう、とテーブルを立つ。それに気付いて一臣が新聞から顔を上げた。

「あ、礼」

「……なに？」

「俺、今日夕飯いらないから」

「そう。接待？」

「いや、別件で約束があって」

何か微妙に含みのある言い方だ。疑うように視線を向けると一臣は笑った。

「……気になるなら誰とか訊いてもいいよ？」

「別に気になりません。どうぞお好きなように」

「安定のつれなさ……」

そんなの知ったことじゃない、と思いながら鞄を摑んで玄関まで歩いていって。いや、知ったことじゃないこともない……？　と思い直す。相手が見知らぬ女性だとしたら、ちょっと困る。素直に訊いておけばよかったと、礼は少し後悔しながら「行ってきます」と言って家を出た。

五月の会社は、新年度の人事配置が馴染んで上手に仕事がまわりだした頃。通常運転で稼働する会社の中で一握り分のやる気の欠如が見られる。五月病の正体って結局なんなんだろう。五月病なんて言葉があるから、なんとなくしんどくなってしまうだけな気がする。

「お疲れさまです。会議室の予約をしたいんですが」

昼休憩前に受付に姿を見せた侑太は、これから外回りに出るらしく、ビジネスバッグを手に提げていた。侑太が現れた瞬間、隣に座る麻友香の背筋がピンと伸びたのがわかる。

「会議室ですね！　いつですか？」

裏返りそうな声を必死で抑えているのが手に取るようにわかった。あの日一回キスをされて以降、侑太に手を出されていることはないと思うのだが、あの一回が彼女には衝撃的すぎたのだろう。

「明後日の午後三時に。朽原（くちはら）大学の日比野教授が新人MRに講義してくださることになったので、広めの部屋でお願いできますか？」

「そしたら第一会議室を押さえておきますね。コーヒー準備します」

「助かります。……北原さん髪型変えました？」

「えっ」

侑太は麻友香の名字を覚えた。そのことはきっと麻友香を嬉しくさせたし、髪型の変化に気付くことも、彼女を嬉しくさせるだろう。それを悪い事だとは、思わないけれど。

「似合ってますよ。かわいいです」

そう爽やかに微笑んで、侑太は医院への往訪に出かけて行った。

「……」

何が〝かわいいです〟？

どんなに爽やかな顔を会社で見せられたって、朝方「生理だから」と真顔で言われたインパクトは消えない。礼は怒っていた。女の子の日だからではない。

侑太が去ったあと、案の定麻友香はぽーっとしていて、礼はかける言葉に困った。

「……潮見さん」

「……なんでしょうか」

「見ましたか今の眞野くんの笑顔。もしかしたら北原、眞野くんワンチャンあ」

「ありません」

「……」

「〝ワンチャン〟なんて大学生が使いそうな言葉使って年下に迎合しようとしないでください」

「解説しないでください！　潮見さんのいじわる……！」

こんな返しができるようになったのだから、麻友香は立ち直っていると言えば立ち直っている。そのことに少し安心して、密かに息をついた。

「でも、髪型で言うなら」

　麻友香はちらっと礼の顔を窺ってきた。

「なんです？」

「いや、私よりも潮見さんのほうが印象変わったのになーって。ほら、ここ一ヵ月くらい潮見さん、一つくくりで横に流すのやめて、ハーフアップをバレッタでとめてたじゃないですか。あれもかわいかったのに、一つくくりに戻したんですね」

「……そんなの気分ですよ。それに切ったわけでもないし、大きな変化じゃありません」

「えーでもだいぶ雰囲気変わりますよー」

　麻友香の洞察力の鋭さには、たまに焦らされる。ハーフアップにしていたのがここ一ヵ月だと正確に記憶されていることに礼はどきりとした。前の髪型に戻したのは、やっと痕が消えたからだ。えげつない色に染まった首の裏を、誰にも見られるわけにはいかなかったから。

「でも……結局眞野くん、ＭＲになっちゃいましたねー」

　そう言って麻友香は肩を落とし、さっき侑太に褒められたばかりの髪の毛先をくるくるといじる。

「そうですね」

「残念です。今日なんかラッキーですよね。会議室使うことも少ないだろうし、そもそも社内で会えることもあんまりないんだろうなー」

「……そうですねぇ」

　それしか言えない。だって礼は、侑太がＭＲになればいいと思っていた。

　二週間の新人研修を経て侑太が配属されたのは、一臣と同じマーケティング部だった。

　しかしマーケティング部はその中でも大きく役割が分かれている。一臣が主任を務める製品企画グループと、侑太が配属されたＭＲグループ。一臣の仕事相手は販売会社の人間だが、侑太がこれから相手にするのはドクターや大学教授だ。ＭＲの日本語名は医療情報担当者。自社製品の説明のため医療従事者の元を訪ね歩き、製品の有効性や副作用などの情報を提供するのが主な仕事になる。そうすると必然的に業務時間の大半が外回りとなり、会社で顔を見る機会は少なくなる。

　配属が決まった日、侑太は帰ってきて、すこぶる機嫌が悪かった。本人は一臣と同じ製品企画グループを希望していたらしく、それが叶わなかったと。そんなものだと礼は思った。新人の配属希望なんてそう簡単に通るものじゃない。礼だって、この受付ポジションを手にするのには時間を要したし、苦労もしたのだ。

「あ」

「ん？　どうかしましたか潮見さん」

「いえ……」

今日の会議室の空き状況を確認していて、たまたま目についた。

「今日、松原さんいらっしゃるんですね」

「あぁ、そうでした。最近よくいらっしゃいますねー。発売決まったあの商品の広告の件だから、主任も気合い入ってるんでしょうねぇ」

「ふーん……」

それならば今日飲むと言っていた相手も、松原なんだろうか。

「会議室で着々と愛を育んでいたりして……！」

「かもしれませんね」

「えっ。そこはいつもなら〝ないでしょうね〟ってばっさり切るところですよ潮見さん」

「あってもおかしくないんじゃないでしょうか？　眞野主任ももうすぐ三十路ですし、松原さんはお綺麗ですし。お似合いだと思います」

「……潮見さんなんか怒ってません？」

「……怒る理由がありません」

今日はやれカリカリしてるだの、怒ってるだの言われたりして、一体なんなんだと肩を落とす。それにどうしたって、否定してもこの無機質な声が相手に怒ってると思わせてしまう。怒るようなことなんてない。生理だからでもない。

松原が来るのは午後三時。その少し前の時間、来客に出したお茶を片付けに、礼は給湯室へ向かうところだった。前方から、背の高い吊り目の美人が姿勢よく歩いてくる。

園崎由乃。

「お疲れさまです」

そう言葉にしたのは礼だけだった。園崎は不機嫌そうな顔をふいと背けてすれ違っていく。……なってないな！

園崎の配属もマーケティング部だった。一臣と同じ製品企画グループ。彼女も彼女で、べったりだったらしい侑太と離れたこの配属は不服だったのかもしれない。なんにせよ、巻きこまれるのは御免だなと思い給湯室に歩みを進めると、後ろの足音が止まった。

「潮見さん」

呼ばれて振り返る。喧嘩を売るようにツンとした声を発した園崎は、その印象的な吊り目で礼の目をしっかりと捉えた。……不本意ながら魅入られてしまう。気の強そうな顔も、触れれば壊れてしまいそうな儚い美貌も、礼の好みにどストライクの美人だ。これで礼儀さえなっていれば文句ないのに……と心の中で独り言(ご)つ。

「なんでしょうか」

あ、今の声じゃ喧嘩を買ってしまったみたい。後になればわかるのに、自分の声質はなかなかどうしてコントロールできない。笑顔だってつくれない。給料泥棒の受付嬢は、好きで給料泥棒をしているわけではない。

「……」

訊き返したら園崎は黙ってしまった。

「……用がないなら、もう行きますが」

「……潮見さんは、眞野くんのこと好きなんですか？」

……なにその誤解。違いますよと、なるべく相手の気に障らない声を心掛けて言おうとした。けれど先に園崎が畳みかけてきた。

「それとも、眞野主任が好きなんですか？」

「……」

「……まさか兄弟に二股なんてことないですよね？」

うん？　……なぜ二人が兄弟だと？　ちょっとびっくりしてしまって、判断が追いつかなかった。表情はいつも通りでいたと思う。ただ声質にまでは気が回せなくて。

「どちらのことも好きじゃありませんが」

あれ。今の感じだと。好きじゃないくせに二股かけてる、とも解釈できてしまう？

園崎はその美しい吊り目を更に吊り上げて一言、「最低ですね」と言って去ってしまう。

「……」

両手にお盆を持ったまま礼はそこに取り残されて、なんとも言えない気持ちになった。

今のって私が悪いのか？　いや、私かな。私だよなぁ、と。今日ほど何度も自分の顔や声の素っ気なさを嫌に思ったことはない。

それにしても園崎はなぜあんなことを言いだしたのか。どこで知ったか二人が兄弟だと確信しているようだったし、二人それぞれに対して好きなのかと訊いてくるのには、何かしらの根拠があるんだろう。まさかどこかで何かを見られたのか。……どこかで何か、なんて思い当たることが多すぎて、バレていても仕方がないような気がしてくる。侑太がすべて話してしまったという可能性もある。真剣に考えてみたところで答えはわからない。一旦忘れよう。そうして今度こそ礼は、湯のみを片付けに給湯室へと向かった。

園崎に足止めされて、受付に戻るともう松原が会議室に通された後だった。一臣も部屋に入っていったところだと、麻友香が教えてくれた。

「ちょっと、ちょっと潮見さん！」

「なんです」

「なんか……あの二人、この間までと雰囲気違う気がします。潮見さんが言った通り、もしかしたらもしかするかもです！」

「……はぁ」

それはそれは。良かったです。心の中でしか返事していないのに、おかしいな、それすらも今日はなんだか無機質だ。

いつもだったら一時間程度。だけど今日はたっぷり二時間かけて、松原と一臣は会議室から出てきた。

「ありがとうございました」

麻友香と一緒に受付の席からお辞儀をする。今日は追いかけない。礼に気付いた松原は、何も言わずに美しく笑いかけてきた。そこに綺麗に笑い返せるほど、礼の表情は自由自在じゃない。

一臣はエレベーターホールまで松原を見送る時間があるようで、二人は並んで歩いていく。後ろ姿もお似合い。礼の見たては間違っていなかった。不意に、その後ろ姿が動く。一臣が松原に耳打ちした。その唇の動きがなぜか、礼には読めてしまった。

〝また夜に〟

……順調すぎやしませんか？　いや、願ったり叶ったりですが。

松原を送り終えた一臣は受付に戻ってくる。

「ごめん、片付けありがとう」

「眞野主任、なんか匂います」

麻友香が切り込む。

「え、そうかな？」

「怪しいほうの意味で！　なんなんですか主任、松原さんとちょっと仲良すぎません？」

「あぁ」

わかる？　と一臣は柔らかく微笑む。喧嘩腰でつっかかっていった麻友香がうっと怯む。そこで照れないでほしい。もっとちゃんと問い詰めてほしい。……なんていうのは他力本願。一臣と目が合った。同じように柔らかく微笑まれただけで、何も読み取れなかった。


夜、一臣は夕飯をいらないと言っていたので、必然的に侑太と二人になる。

今日は侑太のつくる肉じゃががメイン。往訪先から直帰したらしい彼は、スーツからボーダーの細身なシャツに着替えていた。侑太が社会人になって一ヵ月。未だに私服の彼と接するほうが落ちつく。

「侑太、どう？　仕事。大変？」

「まだよくわかんないかな……。でも一日中誰かと話してるよ。思ってた以上に外回りばっかりだから、まぁまぁ疲れる」

「ずっと内勤っていうのもまぁまぁ息が詰まるんじゃないかな」

「息詰まってるの？」

「私は、別に」

「礼ちゃん元々はマーケ部だったんだって？」

不意を突かれた質問に、お皿の中でぽろりとじゃがいもを取り落とす。

「……誰に聞いたの？」

「トレーナーの石原さん」

石原さん、と思い浮かべて、柔らかい物腰と声を思い出す。もう五十歳になられたくらいだろうか。優秀なＭＲ。侑太が彼の下についているのはいいことだが、おしゃべりなのは困る。

「しかも一兄と同じ部署だったって言うじゃん。何それ？　もっとよくわかんないのは、礼ちゃんが自分で異動希望出したってこと。総務部に希望出したのはなんで？」

侑太はほろほろと口の中で崩れる肉じゃがを口に運びながら、素直すぎるくらいに疑問をぶつけてくる。確かに礼は、受付の前は総務部に、そしてその前はマーケティング部にいた。一臣が主任になるより前は、一緒に仕事をしたこともあった。

「……働いてたらいろいろあるのよ」

ごちそうさま、と手を合わせて食器を食洗機へと運ぶ。この話題はもう終わり。

「意味がわかんないなぁ……」

そうぼやく侑太も、今ここで問い詰める気はなさそうだ。礼は麦茶を冷蔵庫にしまいながら話し続ける。

「侑太さ」

「うん？」

「園崎さん」

「また園崎？　妬きすぎじゃない？」

「そうじゃなくて」

そうとられてしまうような気がしたから、なんとなく触れたくなかったのだ。

「なに？」

自分に関心をもたれていることへの嬉しさが見える。侑太の目は、少しだけ楽しそう。

「園崎さんに、一臣くんと兄弟だって話した？」

「……え。いや、話してないけど」

自分への関心だと思ったのに結局一臣の名前が出てきて、侑太は一気に興味が失せた顔になった。……無表情でもそんなことまで事細かに伝わってしまうから、そばにいた時間というのは怖い。こんなことわかるべきじゃない。役目を果たして、自分はとっととこのポジションを誰かに明け渡すべきた。

「そう、話してないのね。だったらいい」

「うん」

どうしてそんなことを訊くのかと追求してこないあたり、侑太はほんとに自分と一臣については関心がないようだ。止まっていた箸の動きが再開する。

「一兄、最近帰り遅いよね」

「……うん」

「俺にしときなよ礼ちゃん」

肉じゃがを食べながらそんなこと、事もなげに言わないでよ、と思った。

その後礼が何気なく一臣の帰りを待つのを横目に、侑太も何気ない素振りでスマホをいじりながら一緒に待っていた。


一臣が帰ってきたのは深夜零時をまわった頃。恐らく終電で帰ってきたであろう時間に、玄関の扉が開く音がした。ただいま、と聞こえたか、聞こえなかったか。これは間違いなくまた酔い潰れていると確信して、侑太と顔を見合わせる。礼が玄関に様子を見に行こうとすると侑太が言った。

「いい、礼ちゃん行かなくて。ほっときなよ」

「でも」

「自業自得だから。風邪でもなんでもひけばいい」

それはそうだ。自業自得だ。毎回毎回同じことを繰り返して、馬鹿みたい。学習能力がない。……それでも。

前に自分も二度運んでもらったわけだし。風邪をひいて会社に持っていきでもしたら、みんなに迷惑がかかるし。何よりこの交遊を仕向けたのは、自分なわけだから。

「ちょっと、礼ちゃん」

制止の声を振り切って玄関に向かう。

一臣は床に倒れてはいなかった。玄関に腰かけて、壁にもたれかかっていた。

「一臣くん」

名前を呼ぶと座ったままで自然に振り向く。薄暗い玄関。少しだけ赤くなった頰に、酔っていることが見てとれたけれど、今日は視点が定まっていた。

「ただいま」

「お帰りなさい。座ったままでどうしたの、立てない？」

「いや、立てる。ちょっと疲れたから休んでただけだよ」

「そう」

はっきりとした受け答えに安心して、礼は一臣のそばに腰を下ろした。鞄を預かり膝の上に載せる。

「……楽しかった？」

平坦な声で訊いてみる。礼の声にはなんの他意もない。閉められた戸の磨りガラスから漏れ入る外灯の光が一臣の顔を照らす。

「楽しかったよ」

間近でそう言われると、呼気に混じってアルコールの匂い。ゆっくりと首が伸びてきて、キスをした。あぁ酔っていてそんな気分なんだな……と思いながらぼんやりと受け入れて、目を閉じる。唇を重ねるのはものすごく久しぶりな気がした。アルコールで体温が上がっているからか、唇はやけに熱をもっている。

「……んっ」

不意に舌が入ってきて礼は眉を顰めた。そこまでは行き過ぎだと、やめさせようとして一臣の胸を押し離そうとするが、礼の手のひらはシャツ越しの体温のぬくもりを感じるだけ。

いつの間にか大きな手に両肩を摑まれていた。強く抱き寄せられると逃げようがない。座っているから、余計に。

「ん、はっ……一臣くん……もうやめっ……んんっ」

鼻筋やつむった目元に触れる眼鏡のフレームがひんやりと冷たい。角度を変えて、気付けば礼は顎を上げて、上からくる一臣の舌を受け入れていた。眼鏡をはずすことも忘れた余裕のないキスに没頭。舌が口内を搾取（さくしゅ）するように舐め上げると体が震えて、礼はたまらず自分からも舌を絡めそうになって。でもその時に。

「何してんだよ」

冷たい声に反応して唇は離れていく。頭がぼーっとして、自分の口と一臣の口の間に引いた糸が切れるのを見ていた。遅れて声のほうを向くと侑太がそばに立っていて、温度のない目で二人を見下ろしていた。

「見てたなら、わかるだろ」

一臣は礼の肩から手を離すと、まだ履いたままだった靴を脱ぎながら事もなげに答える。礼はその場に座って、預かった一臣の鞄を膝に載せたまま。……あぁこの事もなげな言い方。本当に兄弟、似てるなぁなんて思いながら、落ちつこうとするけれど。一臣の返事を無視して侑太は、座り込んだままの礼の隣にしゃがんだ。ちらりと侑太を見ると、その顔は無表情で何も読み取れない。

手が伸びてきて、顎を持ち上げられて一瞬体が強張った。けれど、唇は降ってこなかった。ただ親指が、さっきのキスで唇についた一臣の唾液を拭っていく。

何度も何度も。拭う。無表情は何も変わらず、何も読めない。

しばらくすると満足したのか、侑太は自分の部屋へと戻ってしまった。

「礼、いいよ。鞄貸して」

そう言って一臣は立ち上がるとき礼の膝の上から鞄を取って、先に居間へと歩いていく。

「……」

礼だけが座り込んだまま取り残されて、一人。薄暗く光が射し込む玄関。

誰の役にも立てず、誰のことも幸せにしないなんて、召し使い失格どころか。

「……魔法使いもうまくできないよ」

妙さん、と礼は小さくつぶやいた。

五月も後半になったある夜。珍しく三人そろって夕食をとった後、シャワーを浴びた礼は居間のテーブルに置いてあった一枚の紙を手にした。

先にシャワーを浴びていた一臣は、スウェット姿でソファに座ってニュースを見ている。背後で礼がその紙を読んでいることにはまったく気付かない。それをいい事に礼は、タオルで髪を拭きながら、もう片方の手でその紙を目前に近付け、じっと細かな数字を読む。だいたい内容を把握して、目が留まったところで声が出ていた。

「……え？　何これ。血糖値高くない？　尿酸値も……」

「え？」

振り返って、そこで初めて礼が風呂をあがっていたことに気付いたらしい一臣は、礼が持っている紙の存在に気付いてソファから立ち上がった。

「あ、こら勝手に」

「えぇー……」

テーブルに放置されていたのは、先月会社で受けた定期健康診断の結果表だった。取り返そうとする一臣の手から逃れながら、礼は表の数値を読み込む。走っているから体は締まっているし、体重は去年から変わりないようで、肥満の心配はなさそう。それなのに弾き出された諸々の数値は、明らかに生活習慣病を中心に警戒するよう訴えていた。

「返して」

「あ」

後ろから腕が伸びてきて、腕一本で礼の体は簡単に捕らえられる。長い腕に巻かれた瞬間、体格差を実感しているうちに一臣の右手が診断表を奪っていった。取り返すと一臣はぱっと腕を離して、解放された礼は自由の身になる。

背中から離れていった温度を、耳の上から降ってきた声を、名残惜しいとは思わない。決して。

「一臣くん、その数字は結構不味いんじゃ……」

指摘すると自覚はあるようで、一臣は診断表を手の中で半分に折り畳みながらバツが悪そうに口を結んでいる。眼鏡をはずした一臣と二人で話すのは、なんだか久しぶりな気がした。

「……半分は礼のせいなんですけど」

「私？」

「松原さんと飲むようになったからだ、絶対。健康診断あったの四月の終わりだし」

「私関係ない」

「礼が引き合わせたから」

「……」

「仲良くしてるよ。お前の望み通り」

家では眼鏡をはずす一臣の目を見ると、会社の眞野主任とは別人なのではないかと錯覚するときがある。優しい目元は変わらないはずなのに、会社だと二人でいても、どこか社会的な、礼以外の他人の目を意識した振る舞いが混じっていて。でも家では完全に礼のことしか見ていなくて。見えていなくて。密かに陶酔と優越感を覚えてしまう。

「……そう。それは、嬉しい」

笑って見せたつもりだったが、無表情のせいでそうは映らなかったかもしれない。

あの日バーで意図的に二人を鉢合わせさせたことが、礼のたくらみだということは誰の目から見ても明らかだった。松原でさえ、渡された手紙を用意したのは礼だととっくに、ともすれば最初の夜のうちにわかってしまっていただろう。でもそれでよかった。なんだっていい。きっかけさえあれば。そしてそこにアルコールさえあれば、なし崩しにことが進むと思った。そして礼が思った以上に、それはうまくいっていた。

一臣が、「ちょっと話そう」と言ってソファに座るよう促してきた。横に並んで腰かけると、一臣はなんと言おうか言葉に迷っているようで宙を見た。眼鏡をはずしたお風呂あがりの横顔。少し湿ってぺたっとなった前髪。スウェットから少しだけ覗く鎖骨と、そこから伸びる首筋に、喉仏。綺麗だな、触れたいな、なんてことは、断じて思わない。

　視線を前に戻せば、ニュースはスポーツコーナーに移っていて、今日のプロ野球の試合結果を知らせている。ぼーっとそれを眺めながら、礼が先に口を開いた。

「松原さん、良い人でしょう?」

「あぁ、良い人だ。でもそんなこと知ってた。仕事してても真摯な人だってことはわかる」

「その上で、かわいい人でしょ」

「……」

「あぁ絶対この人、って思ったの。最初に会ったときに」

「……勝手に決めるなよ」

　膝に肘をつきながら頬杖をついて、一臣はジト目で礼を見る。礼は一瞬だけその視線を受け止めてからまたテレビへと視線を戻した。

「一臣くん、松原さんのタイプらしいから」

「何それ」

「事前リサーチ情報」

「礼こわい……」

「良い雰囲気になったでしょう?」

　返事がないのはたぶん肯定。礼は両手で頬杖をついて、テレビに視線を向けたままで言葉を続ける。

「夜の約束、多いもんね」

「まぁ……気は合うんだと思う」

「体の相性は？　良かった？」

さすがに質問が下世話すぎるな、と反省しながら、撤回はしない。気付けばスポーツコーナーも終わる。次はなんだろう。隣の一臣は、どんな顔をしているだろう。

「……そんなこと訊くなら」

「……」

「泣きそうな顔するの、やめてくれないか」

「……そんな顔してない」

そう言って慌てて目元を拭った。泣くなんて意味がわからない。けれど目元を拭った指先には、温かな何かがまとわりつく。なんて言い訳しよう、と逡巡していると大きな手が礼の頭を撫でた。耳元で囁かれる。

「――――え？」

驚いて一臣のほうを見ると、彼はもうソファから立ち上がっていた。それとほぼ同時に、シャワーを浴び終えた侑太が居間に戻ってくる。

「礼ちゃんまだ髪乾かしてないじゃん」

「あ」

「先にドライヤー使って。駄目だよすぐ乾かさなきゃ。髪が傷む」

「あ……ありがと。すぐ乾かす」

そう言って侑太と入れ違うようにして洗面所へと向かう。一臣に言われた一言にまだ驚いている。当の本人は、侑太に向かって「お前健康診断どうだった？」なんて訊いていて。

「Ａ判定しかなかったけど」

「若いっていいな……」

「は？　……え、この数値は駄目だろ一兄……」

「やばいかなやっぱり」

「まぁ……おっさんだもんな……」

そんなやりとりが後ろから聞こえてきて、そんなおっさんが、何を言うかと思えば。耳打ちされたことを思い出して礼は、思考がうまく働かない。


『今晩部屋に行くから』


——追い返さなければ。

髪を乾かして、部屋に戻ってから礼は本を読もうとした。だけどさっきから内容がさっぱり頭に入ってこない。何度同じ行を読んだかわからなくなって、さすがに読むのを諦めた。一臣は部屋に来てどうする気なのか。今日は侑太も家にいる。そもそもどうして、そうしようと思い立ったのか。どんな理由だったとして追い返さなければいけない。そう思いながらどうにも落ちつかなくて部屋の中をうろうろして、隅にある洋服箪笥を開けてみる。

なぜ自分は今少しだけ、下着を替えるべきか迷ったのか。必要ないと言い聞かせて礼はそっと箪笥を閉めた。落ちつきがない。時計を見ると零時を過ぎたところ。今夜、とはいつを指すのか。いつも二人が眠る時間はまちまちだが、明日も仕事がある。そんなに遅くに来られても困る。

（……いっそ自分から行くべき？）

でも何をしに？　楽しそうに笑われるのが目に見えている。冷静に考えてそれだけはない。この格好でいいだろうか？　でも着替えたら意識しているのが見え見えだ。そんなの嫌だ。

ぱたりとベッドに仰向けに倒れる。現在の装備、黒のキャミソールに前ジッパーのグレーのパーカー。少し大きめのスウェットパンツ。男二人と暮らすから、部屋着はなるべく肌を露出しないようにしてきた。それもなんだか無意味に思えてきて。

すっと静かに襖が開く。駄目、ってなんで、言えなかったんだろう。

「起きてた」

そう言いながら一臣は、さっきと同じスウェット姿のまま部屋に入ってきて、後ろ手に襖を閉める。

礼は仰向けに倒れたまま動けず、一臣の顔を見たまま固まる。急激に上がる心拍数に思考が働かないどころか、体すら、指先もうまく動かせずに。そばに寄ってきた一臣はきょとんとしながら礼を見下ろす。

「腹が出てるのはサービス？」

「……違います」

言われてさっとキャミソールを下に引っ張る。すると一臣はあぁそう、と言ってベッドに乗ってきた。ぎしっ、と重みで少し沈む。点けっぱなしの電気で逆光になる。真上にきた一臣の顔は正面から見ても綺麗だ。

「なんで部屋に来たの」

「あぁ」

礼の顔の真横に手をついた状態から、一臣は〝よいしょ〟と肘を折り畳み距離を縮めてくる。最終的には礼の上に覆い被さり、前髪をさらっと撫でた。

「重いんだけど……」

「そんな体重かけてない」

「なんで部屋に」

「構ってほしそうにするから」

「してない」

「泣くくらいならやめれば」

「っ……」

何を言っても打ち返されて煩わしい。のしかかる重さも煩わしい。でもその重さに。久しぶりの肌の温度に安心している自分もいる。

「何してほしい？」

「……」

「だいたいのことは叶える気で来たから言ってみて」

「……」

「眼鏡取ってきて主任と潮見さんごっこする？」

「最低」

眼鏡のない顔が接近してくるのを両手でぎゅうぎゅうと押し戻すと、〝痛い痛い〟とくぐもった声が聞こえる。

泣くくらいならやめればなんて言われても。魔法使いだから無理です、なんて秘密だから言えない。

「何もないのか、してほしいこと」

そう言う目が真剣だから礼は戸惑う。こうなると手のひらに一臣の唇が触れていることも恥ずかしくなってきて、そっと手をひっこめる。

「ない。なんにもない。……侑太もいるし」

「侑太がいたらできないようなことしてほしいんだ？」

「違います」

「……真顔で言ってもそうとしかとれないんだけど」

言葉の綾だ。余計なことを言ってしまいがちな自分の口が恨めしい。逃げ出せないか可能性を探ってみても、上から乗られてしまっていては。自分より大きな体格を前にどうしようもない。

「……本当はそばで一緒に眠るくらいかなと思ってたんだけど」

「え……？」

耳たぶのちょうど下あたりに唇が触れる。びくっとして小さく身じろぎすると、一臣が笑ったような気がした。

「期待してるみたいだからしたくなってきた」

「違」

「違わないって」

「やっ……」

キャミソールの中を手が這っていく。脆弱（ぜいじゃく）な装備で、ブラは簡単にはずされて直接手が触れる。左の胸を掴まれて、心音まで直に伝わってしまう気がして。両手でその手を引き剝がそうとする。

「だめ、一臣く」

「だめじゃない」

「っん」

胸を触る手にばかり気を取られていると、もう片方の手はスウェットの中に侵入していた。上も下もそれぞれ弄ってくる手を、片方の手でやめさせることはできない。礼に許されているのは、声を我慢して必死に身をよじることだけだった。

「ふっ……ん……っ」

スウェットの中で、長い指が感じる場所を的確にぐりぐりと弄る。そのうち水音がしてきて耳を塞ぎたくなるけど、既に手は足りていない。一臣は礼の首筋を舐めながら一向に手を休めない。

「……期待しすぎじゃないか?」

「そんなことないっ……」

「ほら」

見せられて絶句。一臣の人差し指と中指の間に引いた糸を目の当たりにして礼は、言葉が出てこない。羞恥心ばかりが煽られて思わず目をそらした。

「家に侑太がいるからって興奮しすぎ……」

兄弟そろっておんなじことを言う。あの時一臣は眠っていたはずだから、侑太が言ったことなんて知らないのだろうけど。

「……礼」

何度も首筋に舌を往復させる一臣の息は熱くなっていた。興奮が伝染する。

「んっ……なに……？」

「俺のも口でしてって言ったら怒る……？」

「絶対にイヤ」

「やっぱりそれはまだ無理か」

少しだけ苦しそうに笑って一臣はまた指を速めた。

「あぁっ……！」

パチュパチュと激しく音をたてて動く中指に絶頂を迎えそうになって、礼はシーツの上で脚を泳がせる。胸の先に与えられる甘い刺激と、耳元に吹きかけられる欲情しきった吐息。一臣に見つめられながら、彼に愛撫されているということだけで、どこまでも快感が増幅されていくような気がする。

「……自分だけ散々よがってずるいな。もう充分ほぐれた……？」

「……あっ」

　指が抜けていってもどかしい声が出る。それを一臣が聴き逃すわけがなかった。

「物欲しそうにして……。エロすぎ。舐めてもらわなくても勃った」

　そう言って一臣は礼の上に跨ったまま、膨張して猛っている自身を取り出した。

「……っ」

　その大きさに息を飲む。スウェットのズボンからぼろんとこぼれ出たソレに一瞬釘づけになって、礼はゆっくりと視線を上げた。自分の上に跨る一臣は、興奮しているのか浅く呼吸をしていて、見上げると美しい肉食獣のようで、異様な迫力がある。

「……礼。やっぱり俺のもしてほしい。どうしてもダメ？」

「……一臣くんは、私が口でしたら気持ちよくなるの？」

「なるよ。嬉しいし気持ちいいしで、どうにかなるかも」

「……」

「ほら」

「ん」

　一臣は跨ったまま体をスライドさせて、その獰猛にいきり立つ彼自身を礼の唇に押し当てた。硬く張り詰めたモノの先の、柔らかな部分からこぼれる先走りが礼の唇を濡らす。

「い、や……」

こんなのは駄目だ。だって、一臣には松原だと礼が決めたのだ。目前にさらけ出されたモノにバクバクと心臓を脈打たせながら、礼は拒もうとした。しかし礼が拒絶するよりも先に一臣が腰を引く。

「……え？」

諦めたのかと礼は思った。そうじゃなかった。

「やっぱり一人で気持ちよくなってもなぁーと思って。……一緒にしよう？」

一緒にって？　不思議に思って固まっていると、一臣が動いた。


――目前に赤黒く膨張した彼のモノが揺れている。血管が浮き出て、ビクビクと震えているソレに、礼はそっと両手の指の腹を添えた。改めて間近で見るとなんだかとっても凶悪なものに見えてきて、こんなに大きかったっけ？　とか、こんなのが本当に、一度は自分の中に入ったのか……？　とか、複雑な気持ちがこみ上げる。

「んっ」

「こら、礼。……あんまり見てないで」

シて、とぶっきらぼうにねだられる。同時に剥き出しの陰核を舌でつんと突かれた。

「ひぁっ……」

体位を変えたタイミングで、礼のスウェットとショーツはずり下ろされていた。

ベッドに仰向けになる礼の上に、一臣は上下逆さの向きで乗っている。お互いの秘部がお互いの口元にくるように位置を調整して、二人は折り重なっていた。

「あ、ん……」

「ほら、自分だけ気持ちよくなってないで」

「そんなに言うなら舌っ……止めてよっ」

「やだよ」

「んんっ……」

小刻みに腰を震わせながら、礼は指の腹で触れたソレにそっと舌を伸ばす。先っぽの小さな穴からは透明な液が垂れ流れていた。それを舌で掬うように、ちろ、と舐める。

「んッ……」

駄目だと思っていたはずなのに、強引にされると抗えない。

「あっ」

礼の顔の上にある腰がぶるりと震えて、それが伝播して礼を舐める一臣の舌も大きく動く。今度はくびれた部分まで口の中に含んで、唇と舌できゅうきゅうと太いモノを締め付けた。彼の腰はまた大きく揺れ、一臣の舌が礼の蜜壺深くまで挿し込まれる。

「あ……ふ……」

口の中に含んだまま喘ぎそうになる。彼のモノを刺激すればするほど、彼の舌先の愛撫も激しくなった。

「礼っ……やばいよ、お前……口の中に突っ込まれて濡れてるの、エロすぎっ……」

「……けほっ。っ、そういうこと言わないで！」

「ン……」

「あ……！」

両太腿の裏を強く摑まれながらむしゃぶりつくように口で愛されて、油断するとすぐに気をやってしまいそう。目の前で揺れる一臣のモノを可愛がるのも忘れて、喘ぎながら快楽に耐えていた。

「あ、っ……っん……！」

「はっ……なぁ。一回イったら？」

「やっ……イきたく、ないっ……あぁっ」

「ん、は……なんでだよ」

「やぁっ……」

「礼がイくときの甘い声聞きたい。……ん、でも……そうだな」

「あん……ん、え？」

唐突に一臣の口が秘部から離れていって、散々よがっていた礼は肩で息をしながら拍子抜けして、目を丸くする。一臣は上体を起こすと礼を振り返って、色っぽく笑った。

「俺のでイってる顔見るのが一番好きだな、と思って」

そして二人はまた体勢を変える。

「あんまり軋ませるとすぐバレるだろうから、激しくはしないけど。……声、我慢できる？」

「ん……」

下着とスウェットを完全に脱がされて、充てがわれた熱い杭がゆっくりとナカに入ってくるのを受け入れる。駄目、駄目、と頭の中で繰り返すほどに、それが礼の官能に火をつけて。ずぷっと沈み込むたび声をあげそうになったのを、自分の両手で精一杯押し込めていた。しっかり潤されてもまだキツい礼のナカをみちみちと、一臣が押し拡げていく。

「……ん、全部入った」

そう告げた一臣もキツくて苦しかったのか、額に汗を浮かべている。眼鏡をはずした、昔からよく見慣れた顔を見ているだけで、きゅぅっと疼く。まだ一臣は動いていないのに、自分のナカが締まることで彼の形をはっきりと感じ取って、たまらない気分になって。

「……礼？」

「あ、っ。イイっ……」

つい口走ってしまった言葉に礼は〝しまった〟と片手で口を塞いだ。でももう遅い。

「……あのな。礼……なんで今わざわざ煽った?」

「んッ……!」

　ぐっと深く突き上げられる。その一回だけで足の爪先まで痺れてイってしまいそうになった。慌てて両手で口を塞ぐ。そんな礼の姿を見ていた一臣は、ふ、と笑ってまた緩やかに突き始めた。

「……あ。んんっ……」

　その後、一臣は先に言っていた通り、激しくベッドを軋ませることはしなかった。ただ優しく感触を味わうように、慰めるように、礼の顔をじっと見つめながらゆっくりと腰を揺さぶり続ける。

「……は……気持ちいいって顔してるな」

「っ……」

「睨むなよ。感じてる顔かわいいから、すごく……」

　一臣は浅い呼吸を繰り返しながら、機嫌よく礼の唇にキスを落とした。礼は下からまっすぐに一臣を見つめながら、自分と一臣の体が規則正しく揺れるのに心地よくなって、一つになっている感覚に胸が絞られていった。——もうすぐ、彼は自分ではない人のものになる。

　静かな情事で、押し殺してくぐもったすべての声は夜の闇の中へと溶けていく。

（……また寝てしまった）

早朝の白んだ空が窓から見える。横になりながらそれを眺めて礼は、後悔とも諦めともつかない暗澹たる気持ちに襲われていた。一度きりのはずだった。あれは計画が動き出せば人のものになってしまうから、最後に、という欲だった。それなら二度目は？　きちんと拒みもせず腕の中で溺れたことには、なんの釈明の余地もない。

「俺もう部屋に戻るけど」

散々見つめあっていた顔は、相変わらず事もなげに言う。感じている顔を一晩じっと見られていたんだと思うと、叫びだしそうなくらい恥ずかしい。なんであんな……。

「……うん」

「あ、そうだ」

「え？」

「爺さん、元気にしてる？」

「……」

「会いに行ってたんだろう？　土日。最近は前ほど頻繁じゃないみたいだけど」

「……知ってたの？」

「なんとなく。なんで着飾ったワンピースで出かけていってたのかはわからないけど」

「あぁ……それはもういいの」

以前まで土日はほぼ終日出かけていた礼だが、ここ最近は家にいることも増えた。ワンピースはもう必要ないかもしれない。

「俺も会いに行かなきゃなーと思いながらも、そう簡単に会える身分の人でもないし」

「……会わないほうがいいんじゃないかな」

「まぁ嫌われてるしな」

肩を竦めて、仕方ないという風に一臣は笑う。確かに仕方ない。でも一臣にこんな笑い方をさせてしまうのは、自分が魔法使いとして至らないからだ。

起き上がった一臣は、ベッドが狭かったからか首をまわしたり腕を伸ばしたりして体を解していく。そして振り返って、ベッドに座ったままでいた礼の元に屈んできた。

「また後で」

そう言って唇に軽いキスを落とす。あと二時間後には朝の食卓でおはようを言うのだろう。朝五時の光の中、大きな一軒家の中での逢い引きに幕を下ろすキス。離れていった顔は、やけに満たされた顔をしていて、幸せそうで。胸の奥が絞られる。満たされていて後ろめたくて、なかったことにしたくて、でもきっと忘れようがない。そんなの後々苦しくなるだけなのに。

後ろ姿に声をかけた。

「一臣くん」

「うん？」

「ごめん。……幸せになってね」

「……幸せだと思うんだけどなぁ」

まぁ礼次第だよ、と言って一臣は、襖の向こうへと行ってしまう。

彼の幸せは、魔法使いのさじ加減一つです。


そして今日もいつもと変わらぬ朝の食卓。

「いただきます」

三人、出社前の身支度をほどほどに整えて臨む朝食。今日はシンプルに目玉焼きとごはん、味噌汁。お箸で黄身を切り分けながら一臣の顔を窺うと、夜に自分を抱いていたなんて嘘みたいに自然に味噌汁をすすっていて。未だに自分のナカにいた感覚が残っているのに、それも全部錯覚なんじゃないかと思った。

一番に家を出ようと礼が玄関で靴を履こうとしていたところ、一臣に追いつかれる。

「礼」

「一緒には行きません」

「わかってるよ」

そう言って笑う顔は眼鏡をかけていて、眞野主任、という感じがした。一臣なことには違いないのに、昨晩自分の上で腰を振っていた男の顔とうまく結びつかなくて、結びつけようとすると異様に恥ずかしい。そこで礼は、昨晩を思い出してばかりいる自分に気付く。

「ストッキング、後ろの方ちょっと伝線してる」

「え」

「先に出るよ」

あぁほんとだ、と礼が膝裏の伝線を確認している間に、横を通りすぎた一臣が靴を履き終える。目も合わせずに彼は言った。

「……あと、人の顔見すぎ。たぶんバレてるぞ」

「え?」

行ってきます、と外に出て行く背中を見送る。なんだって? と思っている間に侑太が玄関にやってきて、一臣と同じように横を通り抜けて靴を履く。

「伝線?」

「あぁ、うん。履き替えてから出る」

「うん」

バレてないだろう、と思った。侑太の背中を見送らず、ストッキングを替えるべく部屋に戻ろうとすると、後ろでつぶやく声。

「礼ちゃんのビッチ」

ピシャリと戸が閉まる。

「……そんな捨てゼリフ」

朝からそんな言葉、吐き捨てるように……。自分は一体どんな目で一臣を見ていたのか。居た堪れなくなって礼は、初めて本気で会社を休みたいと思った。

7. 魔法使いのうだつのあがらない一日

自分で決めたことを、きちんと守れずにいることへのストレス。玄関で酔った一臣にキスされた現場を侑太に見られた、その時にものすごく後悔したはずだった。バランスがとれなくなってきている。今は一臣に体を許しすぎている。この加減を誤れば三人で暮らしていくことはできない。どちらも選ばないと決めておいて、玄関で唇をただ指でぬぐってきた侑太は明らかに傷ついていた。

こんなの駄目だと思って適切な距離を置こうと思い直した矢先に、昨晩の行為。少し前の自分だったら一臣を部屋から追い出せた。いつか眠っているところを夜這いにきた侑太を追い返したように、毅然として。……でもできなかった。昨晩の自分は早々に抵抗をやめて、自分を見つめる欲情の視線に酔って。あまりに緩慢な一臣の動きに焦れて、最後には自分からねだるように下肢を擦りつけていた。

〝激しくしてほしい？〟

一臣の声で再生される夜の言葉。自分はなんて返事したんだったか。覚えているのはその後、必死に一臣の体にしがみついていたということだけ。

認めるために濁さず言葉にするならば、流されている。性欲に。ただの自分の怠慢だから余計に情けなくて、何よりいろんな人に後ろめたくて。そんな気持ちを抱えたまま背筋だけは伸ばして出社する。仕事のときくらいは忘れたいのに、会社に行っても二人がいる。仕方ないこととは言え、つくづくおかしな環境だなぁと思う。

先刻までの来客が使った茶器を洗い終えた礼は、受付に戻ると、次の時間使われる会議室を整えようと第三会議室に足を向けた。そこを麻友香に呼び止められる。

「あ、第三会議室は使用中です。いま眞野主任が電話してますよ」

「え？」

「聞かれたくない会話なのか、さっき来たと思ったらこもっちゃいました」

怪しいですねぇ、と麻友香は楽しそうににやつく。

会社の中にいたら、仕事の相手だとしても聞かれたくない会話もあるだろう。プライベートな付き合いの相手の場合ももちろん。仕事の相手かつプライベートの付き合いがある相手、という可能性も。

「相手は松原さんじゃないかと北原は予想しています」

私もですよ、とは言わずに、礼は席についた。麻友香は言葉を続ける。

「隣の第二会議室ね」

「？　はい？」

「部会とか説明会とか、よく開かれるじゃないですか」

「そうですね」

「第三会議室を使ってる人からたまに苦情がくるんです。隣の音漏れすぎだろうって。そんなの受付じゃなくて総務に言ってほしいですよねー」

……それは盗み聴きしてこいということですか？　念押しのように麻友香は言う。

「おぉーっと！　そうだ！　第二会議室のテーブル汚れてたんでした！　潮見さんお願いできます？」

はい、と良い笑顔で雑巾を手渡される。演技がわざとらしすぎてびっくりする。

「……北原さんご自分で行かれては？」

「嫌ですよめんどくさい！」

「人に押し付けたことをはっきりそう言わないでください」

「ほらほらー、早くしないと電話終わっちゃいます」

「演技したくせに目的言っちゃってるし……」

雑な振りだなぁ、と思いながら礼は渋々腰をあげる。そこでふと疑問に思った。麻友香はどうして自分に聞きに行かせたがるのか。麻友香自身が喜び勇んで聞きに行きそうなネ夕だ。わざわざ礼に譲るのは、どうして？

疑問を口には出さずに不思議な顔で麻友香を見ると、彼女はキリッとした顔で親指を立てた。

「面白い感じの修羅場をお願いしますね！」

「修羅場って北原さん……私と主任じゃそんなことには」

「えー、でもたまに会議室でイチャイチャしてるじゃないですか」

「……」

「最近まで髪下ろして隠してたキスマークもどうせ主任でしょ？　独占欲強すぎて北原はちょっとヒいちゃいました～」

……何も言うまい。というか言えない。引きつる顔で礼は雑巾を持ってふらふらと第二会議室へ向かった。馬鹿みたい。……馬鹿みたい！

カツカツとヒールを響かせてついに礼は会議室まで駆けだした。麻友香は全部知っていた。いつか彼女が何気ない会話の中で言っていたことを思い出す。

〝バレてないって思ってるのは本人だけですよ〟

……消えてしまいたい……！

考えれば考えるほど滑稽だった。受付で麻友香と一臣と三人でいるときの他人らしい振る舞い。プレゼンの前の焚き付けるためのキス。中味を伴った大人が好きだという、一臣への嫌味も、麻友香はすべて意味をわかって聴いていたんだとしたら。——馬鹿だ。もうひと思いに殺してくれ……！

今すぐ一臣に言いたいのに。秘密の電話なんかしてる場合じゃない。けれど彼のこもっている第三会議室に突撃することもできず、そそくさと第二会議室に入る。案の定テーブルは汚れておらず、礼は手の中の雑巾を持て余しながら静かに部屋の中に立った。三十人ほどを収容できる会議室。無人の空間に流れるのは空調の音と、隣の部屋から漏れる声。

『——で。——だから……。松原さん、俺そろそろ戻らないと』

一枚の壁を通して聞こえる声は眞野主任と一臣くんが半々で、優しい声のトーンに混じる少しのぶっきらぼうさ。それは親しい人に対する話し方。簡単に自分のことを抱くからどうなっているのかと思ったら、なんてことない。一臣はきちんと松原と距離を縮めている。彼の口ぶりからしてもう電話を切るところ。急に、気を許した笑い声が響いた。

『ごめんごめん。いや、すみません。……むくれないでよ松原さん。うん……うん、そう』

なんか、嫌な感じ。……嫌な感じ？　いやいや。それは気のせいだと思い直して、手の中でぐしゃぐしゃにした雑巾を開く。本当に、思った以上に二人の距離は縮まっているようだ。すごいじゃないか、と礼は自分を褒める。あの時、直感で松原を追いかけて〝友達になって〟と言った。ただの思いつきだったのに、ものすごくうまくいっている。これでやっと魔法使いらしく……。

壁越しに聞いた、次の言葉が決定打だった。

『大丈夫です。結婚する気ありますよ』

結婚、という言葉が一臣の口から出てきて。あぁ、と一気に、全身から力が抜けていく。

（……妙さん。ちゃんと聴いてる？）

その後の一臣の声はまったく頭に入ってこなくて、礼は震える指先で雑巾を握り、会議室を後にした。結婚、と具体的な言葉が出てきて驚きはしたものの、それは礼が望んでいた結果に違いなかった。頭の中をぶたれたみたいな感覚になっているのはどうしてだろう。

会議室を出て礼は、受付には戻らず給湯室へ向かった。少しも汚れていない雑巾をシンクへ放り込み冷水を流した。サァーッと水が流れては排水口へ吸い込まれていく。ひんやりと冷えていく指先に対して、頭の中は熱を持っていた。

一臣から好意を寄せられていることを礼は知っていて、同時にそれが不当な好意だということも、知っていて。いつか一緒に帰った日に言われた「俺のだって言いたいよ」という言葉には、「そんな日は来ない」と返した。寄せられる好意に酔いながらの茶番劇。

昔、あの家に連れて来られたのが自分だった。それだけの理由で向けられた好意だと知っていた。でも理解はできていなかった？　思い上がるのは傲慢だと嘯きながら、思い上がっていた。だから、自分が仕組んだことのくせに驚いている……？　そんなのあまりに身勝手だ。

壁の向こうから聞こえていた一臣の声が、知らない人の声みたいに思えた。一臣は割り切りが上手で、自分の持っている好意とは別に、選ぶべき道をちゃんと選ぶ。松原を選ぶ。自分より少し年上なだけあって大人だ。礼がこそこそと画策することに気付いていながら、その意図を汲みとってくれる。そういう性格は昔から。

高校生の頃、最初に礼がキスしたいと言ったときにも一臣は「いいよ」と言った。……キスしたいとは言ってないか？　キスしようだったかな。あぁ違う、正確には、

「キスの練習をしよう」と、礼は言ったのだ。

＊

「は？」

最初に提案したとき。高校三年になって急に大人っぽくなった一臣は、この頃まだ眼鏡をかけておらず、視力が悪いわけでもないのに少しだけ目つきが悪かった。キツい目線を向けられても、礼はもう慣れていたので動揺しない。

「なんだって？」

「だから、キス」

「……キス？」

問い返されてこくりと頷く。一臣は〝何言ってんだこいつ〟って顔をして困っていた。

高校からの帰り道が一緒になった日。一臣がクラスメイトらしき女子に告白されている現場を、たまたま礼が目撃した日のことだった。

「だって心配なんだもん」

「何がだよ」

「一臣くん、昔よりはだいぶしゃべるようになったけど口下手だし」

「それ、礼にだけは絶対に言われたくないんだけど……」

「彼女ができても、すぐに振られちゃうんだろうなぁって」

一臣のつぶやきを華麗にスルーした。口下手な一臣は、それでも出会った頃では考えられないほどの丁寧さで言葉を選んで、告白してきた女の子のことを振っていた。

「……百歩譲って、俺がすぐ振られてしまうとしよう。そこでなんでキス……？」

「一臣くん今まで彼女いたことないでしょ。口下手な上にキスも下手とか救いようがないじゃない」

「……」

一臣はものすごく何か言いたげな顔をしていた。礼も大人になってから思い出すと、あのとき自分が言ったことは支離滅裂だったと思う。それでも女子高生だったので。あの頃身に纏っていたセーラー服で、どんな無茶苦茶も許してもらえるような気がした。

「多少話が面白くなくても、キスが巧かったら全然アリなんだって」

「それ何情報？」

「クラスの女子が」

まじか、と言って一臣は怪訝な顔をする。まじですよ、と返事する。一臣は彼女がいたことがないからか、女子に対して夢を見すぎているような気がした。女子高生の会話なんてそんなものだ。

いまいちクラスに馴染めなかったので、礼にとっての〝一般的な女子高生〟は、必然的にクラスの中で声の大きな女子の意見となってしまうのだが。

「それでキスの練習？」

「そう」

もう一度こくりと頷く。隣を歩きながらじっと一臣が礼の顔を見る。若干の身長差があっても視線を感じた。礼はそれに気づかないフリをしてまっすぐ前を見て歩く。会話は続く。

「練習台になってくれるのか？　礼が」

「さっきからそう言ってる」

「ふーん……。なんで俺にそこまでしてくれんの」

黙秘。まさか〝魔法使いだから〟とは言えなかったので。一臣もそれ以上は追及してこない。

放課後、あの家までの坂道に、珍しく人はいなくて。やけに静かで。もしかしたら礼は緊張していたのかもしれない。

「じゃあ」

そう言った一臣が立ち止まったことにも、肩を摑もうと伸びて来ていた手にも、気付かなかった。礼が振り返ると同時に唇が触れていて。

肩までで切り揃えた髪に秋の風が吹き込んで、ざわざわとしたのを覚えている。坂道のど真ん中で後ろから覗き込むようにされたキスは、ただ触れただけなのに、礼は膝から崩れ落ちるかと思った。

「……」

ゆっくりと一臣の顔が離れていく。少し目つきの悪い顔が、バツが悪そうに、むず痒そうにしていた。

「……どうですかね」

感想を求められて、礼ははっとしてこう答えた。

「物足りない、って」

「は？」

「言ってた。クラスの子たちは。唇が触れるだけをキスだと思ってる彼氏に〝中学生かよ！〟って」

セーラー服を免罪符にして大真面目な顔で言った。意味するところを察した一臣が口を開く。

「……それこんな道のど真ん中で言う？」

「……いやぁ」

クラスの女子そんなこと言ってたかな……言ってないな……と反省していると、一臣は歩き出しながら「帰ったらな」と言った。

空耳かな、と思いながら礼は、それから家までの道を黙って歩いた。

そんな風に〝練習〟と称してキスをするようになって十年とちょっと。誰を満足させるための練習かわからなかったその行為は、松原のためだったと結論が出ようとしている。

＊

そんな、セーラー服を着た女子高生の支離滅裂な言い分に、一臣は付き合ってくれていた。当時学生の身分で無力だった礼は、魔法使いらしいことがなんにも思い浮かばなくて。兄弟二人が大人になったときに、幸せになれる下地をつくること。それくらいしかできなかった。一臣はちゃんと汲んでくれる。

思い出に耽っていたのは数分だったが、気付けば礼はシンクをピカピカに磨きあげていた。

「……戻ろ」

絞った雑巾をばさっと広げて干しておく。最後に手を洗って給湯室を後にした。麻友香にはなんと報告しよう？　そもそも、これから一臣が話題にのぼるたびに自分はどんな顔をすれば？　意外としっかり人のことを見ていた同僚に動揺を隠せない。

リクエストされていたような面白い修羅場も特にない。〝主任は松原さんと結婚なさるみたいですよ〃と新ネタを提供してあげたいところだが、そうすると自分と一臣の関係はなんと説明したものか迷う。いっそのこと、セフレだとでも紹介すればいいだろうか。あながち間違いじゃない気がして泣きたくなる。

泣いている場合じゃなかった。受付に戻ると麻友香が困った顔で礼のことを見た。

「潮見さん……」

麻友香だけじゃない。電話を終えて麻友香と話していたらしい一臣と、ちょうど外回りから帰ってきたらしい侑太。二人も訝しげな顔で礼を見た。二人からそんな目を向けられるのは久しぶりで戸惑う。

加えて、どこかで見た覚えのあるスーツ姿の男。礼の顔を見るなり目を見開いて叫んだ。

「やっと見つけた……！」

自分より少し歳上らしい男のその容貌に思い当たって、力が抜ける。……最悪だ。げんなりした顔を見せた礼に、男は詰め寄った。

「ひどいじゃないか、何度も連絡したのに！　メールも返さないし電話にも出ないでっ、挙句に着信拒否なんて……」

「すみません、ここは会社なので」

お引き取りください、と両手を前に出して拒否のポーズ。一刻も早くここから去っていただきたい。麻友香の好奇心に輝く瞳も、一臣と侑太の疑心に満ちた目も居心地が悪くて仕方なかった。

「本当にもう見つけられないかと思った。製薬会社の受付ってのも嘘なんじゃないかと思ったよ」

話が通じる相手ではないとわかって、心の中で舌打ちする。嘘をつくべきだった。製薬会社の受付としか言わなかったから、まさか見つかるとは思わなかったし、そもそも捜されるとも思っていなかったのだ。

「失礼ですが」

すっと一臣が男と礼の間に割って入る。出遅れた侑太がむっとした顔でその様子を眺める。麻友香は変わらず好奇の目で状況を見ていた。

「弊社の潮見に何かご用でしょうか」

思わずその背中越しにじっと一臣の顔を見てしまう。後ろから見えるのは綺麗な顎のライン。表情は見えないものの、その声は柔らかく人当たりのいい〝眞野主任〟のものだ。

庇われるこの状況には、違和感があった。

〝お姫様になるわけじゃあないわ。今日からあなたはこの家の召し使い〟

「いやぁ、お騒がせしてすみません。少しそちらの潮見さんにプライベートで用事が……」

「……プライベート?」

駄目。やめて。言うな。

礼はぎゅっと自分の手を握った。一臣に庇われるような配置で、礼は男の言葉を止めることができない。

「お恥ずかしながら……。婚活パーティーで、彼女に一目惚れして。ほんと会社までお邪魔してしまって、ご迷惑を」

男はようやく周囲が見え始めたのか、大人として対応する一臣に合わせへこへこと腰を低くする。しかし、一臣の声から柔らかさは消えてなくなっていた。

「プライベートであれば外でお願いできますか。——潮見さん、きみも」

冷たい声に胸が潰れそうになる。突き放すような目に消えてしまいたくなる。

「……申し訳ありません」

喉からなんとか声を絞り出した。未だかつてこんなに冷たい目と見つめあったことがない。呆れられてしまった。

ドクドクと心臓が痛いほど鳴るのを押さえつけながら、男の前に出る。

「こちらへお願いできますか」

男も礼が怒られるとは予想しなかったのか、うろたえながら頷いた。追い返すためにエレベーターホールまで先導する。

エレベーターホールに着いて、一瞬でも密室でこの男と二人になるのは気が引けた。かといって、ここではいずれ人が来てまた好奇の目に晒されてしまう。一瞬迷った末にエレベーターホールを突き抜けて、非常階段へと出た。

ほんとになんて日なんだろう、と思いながら、自業自得な気もしている。いつもどうにも詰めが甘くてボロを出す。本当は、あの人みたいに完璧な魔法使いになりたいのに。

「もう私に近付かないでください。連絡もしないで。会社にももちろん」

はっきりと拒絶を示すと、先ほどまでうろたえていた男は食い下がってくる。

「意味がわからないな。真剣に結婚相手を探しているんだろう？」

「私の好みじゃない、という可能性は思いつきもしませんでしたか？」

違う。こんな言葉で激昂させてどうする。もっと穏便な言葉で、懐柔して丸め込んで――。

そう思うのに、礼はイライラしていた。それは八つ当たりとなって、言葉を鋭利に変えていく。

「会社まで来るなんて尋常じゃありません。ストーカーですよねこれ。怖い」

「そんなことっ……」

怖いと言ったのは本心だ。でもそれ以上に、怒った一臣の目が怖かった。子どもみたいだ。情けなくて一人、笑いそうになると急にがっと肩を掴まれた。

「俺は本当に、最初に見たときからきみのことがっ……」

「っ、離して」

男の手にこもった力は強くて振り払えそうもない。うまく追い払うこともできずに事態を悪化させて、もう嫌だ、と、情けない声をあげてしまいそうになったとき。すぐそばのドアが開いた。

「あ、潮見さんだ」

いつも通りの低いテンションで、現れたのは侑太だった。動揺したのか、肩を掴む男の手は緩む。

「なに、まだ揉めてんの？」

状況を察知してもテンションは変えずに。男と礼の顔を見比べると、侑太は男に向かって言った。

「すみません、付きまとうのやめてもらっていいですか」

「なっ……」

「家突き止めても無駄ですよ。俺たち同棲してるんで。毎晩……休日なら昼もかな？　時間構わず抱き合ってるんで、嫌なもん見るだけです」

まぁ見たいんなら来てもいいですけど、と無表情でおどけて、侑太は言った。

男はその後、二つ三つ礼へ恨み言を吐いたけれど、内容はまったく頭に入ってこなかった。気付けば男はいつの間にかいなくなっていて、放心状態の礼の手を侑太が繫いでいる。

「婚活パーティーねぇ……。なるほど。だから休日は綺麗なワンピース着てたんだ」

合点がいったという風に、家で話すときとまったく同じトーンの声に、礼の意識も引き戻されていく。

「……時間構わず抱き合ってるって」

誰と誰がよ、と言うと、残念ながら俺と礼ちゃんではないね、と返されて何も言えなくなった。

「一兄は知ってたわけ？」

土日に出かけていた場所のことだろう。自然に繋がれたままになっている手に内心ぎくしゃくしながら、決して顔には出さないように返事をする。

「……知らなかったと思う。言ってないし」

「ふーん……」

興味があるのか、ないのか。外から帰ってきて暑かったのか、スーツのジャケットを片腕にかけていた侑太の、シャツの隙間から見えた首筋には汗が伝う。この間抱き合ったことを思い出しながら、気付かれないよう目をそらした。

「礼ちゃんは結婚したいの？」

「……え？」

「だって結構な頻度で休日いなかったじゃん。友達との付き合いで合コン行くみたいなノリじゃないでしょ。そもそも礼ちゃん、友達いないし」

「……」

「真剣に結婚相手探してたんじゃないの？」

「……まぁ、私ももうすぐ三十だから」

話の流れでつい、適当に合わせた言葉が口から出てきた。正直に言って自分の結婚を考えたことはない。でもそうか、と。そろそろ自分の幸せについても考え始めないといけないのかもしれない。兄弟二人を幸せな家庭に送り出しても、後に残る自分が不幸そうに見えてしまっては、二人の幸せに水をさす。

礼が頻繁に参加していたのは一般的な婚活パーティーではない。名だたる企業の次期社長や、令嬢たちが出会うためにお膳立てされた集団での〝お食事会〟であることが多かった。会社に押しかけてきた男も確か、名前を聞いたことがある製菓会社の部長で、いずれは社長になるのだと言っていた。男自身の名前は少しも思い出せない。そもそも、集まる男に興味はなかった。礼が見ていたのはそこに参加する女性たち。急成長するＩＴ企業のご令嬢、電鉄グループの役員の娘。お食事会は一級の肩書きと、お金と時間をかけて磨きあげてきた容姿の品評会のようなもので、礼は、その中にしれっと混じって女性たちの人と成りをじっと見ていた。誰なら彼を幸せにしてくれそうか？　食事会に臨むとき、礼は決まって妙の言葉を思い出していた。

〝一臣さんはねぇ……。決して自分がどうしたいとか主張するタイプではないから。グイグイ引っ張ってくれて、時には叱ってくれるような強い人とかが合うんだろうねぇ〟

二人きりの居間で妙が語った理想の相手像を、当時中学生だった礼は、そんなものだろうか？　と思いながら、適当に頷くばかりだったけれど。今ならわかる。

いろんなことを我慢してきた彼を幸せにできるのは、純粋培養の受け身のお嬢様ではないということ。パワーがあって、叱る強さもあって、それでいて女性としてのかわいさも持ち合わせている。一臣を幸せにしてくれるのはきっとそんな女の人だ。

例えば、松原みたいな。

「それじゃあ……お願いします。潮見さん本当にごめんなさい！」

そう言って彼女は分厚い資料を礼に渡し、そそくさと受付を去っていった。

8．体よりもっと

六月。新製品の販売決定後は少し落ちついていたタイド薬品は、再び慌ただしくなった。先月末に販売が始まった健康食品が爆発的に売れ、一時品薄となりドラッグストアの店頭から消えたという。追加発注が相次ぎ社内は騒然。その健康食品は成分に天然由来の植物を使っており、生産は海外に頼っている状態だったので、追加生産するにも発注数を決める必要があった。現状売れているとはいえ、あまりに多く発注してしまえば大量の在庫を抱えることになる。かといって、低く見積もって今の売れるタイミングを逃すのも惜しい。そういった事情から慎重に発注数の検討が行われ、その検証にマーケティング部の製品企画グループはてんやわんやになっていた。

そこに追い打ちをかけるように役員からくだった「新製品を考案せよ」のお達し。健康食品の販売見込み数を店頭や市場、社会の風潮から分析する作業の傍らで、会社のいたるところでアイデア出しの会議をしている社員が散見された。アイデア出しに至っては企画開発に限らす、MRの人間まで駆り出されている。

だから最近は、一臣も侑太も帰りが遅い。そしてたぶん、今日からは礼も。

「うわぁ……それ、潮見さん一人でやるんですか？」

預かったのは、ここ数年の健康食品市場の動向資料だ。

「まぁ、やってくれということなんでしょうね」

礼に資料を預けていったのは一年後輩のマーケ部員の女子だった。一臣のチームのメンバーである彼女とは、まだ礼がマーケ部にいた頃、四年近く前に一緒に目薬を担当したことがある。彼女は昨年結婚したが、今も会社では旧姓の〝村上〟を名乗っている。礼は彼女の今の名前を知らない。それくらいの距離感の人。

それでも昔のよしみと言うべきか。こっそりと分析資料の作成を頼まれるのは今回が初めてではなかった。

「なーんか、体よく押し付けられたって感じですねぇ」

麻友香は目を薄く開けて非難する。

「いいんですよ」

引き受けるとき礼は、快い顔はしなかったかもしれないが、嫌な顔もしなかった。分析資料をつくることは、それほど嫌いな仕事ではなかったのだ。

「手伝いたい気持ちはあるんですが……すみません。北原はグラフとか数字とか見るとアレルギーが出るので……」

「確かに苦手そうですよね」

「愛想だけで世の中渡っていけると思ってます！　人生イージーモード！」

「私、北原さんのそういう清々しいところ好きです」

「やだ！　私も潮見さんの抜かりなさそうなのに実はうっかりさんなところ好きですよ～」

「……うっかりさん？」

「キスとかキスマークとか」

　しれっと挟んできた麻友香のつっこみに、礼は大量の資料を取り落としそうになった。

結局麻友香は礼の恥辱を煽りたいだけで、それ以上追及してくることはない。麻友香は一臣とも仲が良いので、もしかしたら彼のほうにいろいろ訊いているのかもしれない。藪蛇（やぶへび）になっても嫌なので、礼からは訊けずにいる。

「それじゃあ、お疲れさまです」

「お疲れさまでした」

　定時になり麻友香は爽やかに会社を後にする。その姿を見送って、礼は先ほど預かった膨大な資料とパソコンを持って応接室へ。この時間、会議室はアイデア出しの打ち合わせで使われていたが、応接室はどこも空いていた。四人が座れる一番小さな部屋に入って、テーブルに資料を広げる。

「……さて」

礼に課せられたのは〝健康食品〟という大きな領域での分析。これまでの売り上げ推移と、季節変動を考慮して数字を弾きだす。だいたいはパソコンが計算することになるのだが、人によって結果が変わってくるのはそこに加味する情報のセンス。

只今の時間、午後六時。九時までには会社を出て夕食の準備をしたい。まぁ無理かな、と半ば諦めながら、礼は膨大な資料の一枚目に手をつけた。


——結局、九時に会社を出るなんてことは叶わず。午後九時現在、資料には一通り目を通し、仮説を組み立てるところまではできた。あとは作表してスライドを埋めていくだけの作業になるが、小さい文字を読みすぎて目が疲れている。

（ホットアイマスクほしい……）

マーケ時代はデスクに常備してたのにな、と思いつつも、無い物は仕方ない。このまま作業を続行しようとパソコンに向き直ったとき、ノックもなく応接室のドアが開いた。びくっとして礼がそちらを確認すると、開いた隙間から顔を覗かせていたのはよく知る人。

「……なんだ、びっくりした」

眞野くん、ととっさに思い出した会社での呼び方で声をかけると、侑太はそろりと応接室の中へと入ってきた。アイデア出し会議に出ていたのだろうか。ネクタイをはずして腕をまくり、会社の中なのに完全にリラックスした格好になっている。

「びっくりしたのはこっち。受付のデスクに礼ちゃんのカーディガンかかってたから、もしかしてと思ったら。なんでこんな時間に会社いんの？」

よいしょ、と礼の隣に腰かけながら、テーブルに散乱する資料を一枚拾い上げ、パソコンの画面と交互に見る。

「これ……」

新人とはいえ、会社の中の動きは見えているのだろう。〝健康食品〟の文字を見ただけで、侑太は礼の作業内容を察したようだ。

「……健気だねぇ礼ちゃんも。これ、絶対今日あげなきゃなんないの？」

「明日部内で集約して検討会をするらしくて。でもあとちょっとで終わるから」

「スライド白紙だけど……」

「……」

あとちょっと、というのは「終電までにはなんとか」ということを指しているわけで。

「パソコン持ってきて手伝おうか？」

「眞野くん、敬語使ってもらっていいですか」

「手伝いましょうか、潮見サン」

「いいえ、結構です」

言い直しさせられた挙句断られ、侑太は無表情の目を少しジト目にして、薄い唇の口角をあげた。あ、今ちょっとイラッとしてる。礼は心の中で面白くなってしまう。

侑太がなんでも手伝おうとしてくれるのも、昔からのこと。でもこれは礼が自ら引き受けた仕事だ。

「まっすぐ家に帰って」

「……」

「美味しいご飯でも作っていてくれたりすると、家族に喜ばれるんじゃないでしょうか」

ぴくっと反応した侑太が、礼の顔をじっと見る。礼はその視線に気付きながら目線はノートパソコンのディスプレイに落としたまま。カタカタとスライドに文字を落とし込んでいく。

「……潮見さんは何が食べたい気分？」

「私ですか？　私はシチューです」

「……まぁ、できるかな」

一瞬で冷蔵庫の中身と相談したらしい侑太は、今晩の献立をシチューに決めたようだ。

しかし一向にソファから立ち上がらない。気になってちらりと侑太のほうを窺うと、まだじっと礼のことを見つめていた。

「……なに」

「礼ちゃん、あれから一兄とあんましゃべってないよね」

〝あれから〟というのは、食事会で出会った男が会社に押しかけてきた日を指すのだろう。確かに、あれから一臣とは必要最低限の言葉しか交わしていない。麻友香にすべてバレていたことも話せずにいた。どことなく機嫌が悪い気がするのだ。土日に婚活に出掛けていたことも、家に帰ればもっと問い詰められるかと思っていたのに、その話に触れられることもなくて。そうすると自分から話題に出すのも憚（はばか）られた。

「まぁ、そもそも帰るの遅くなったし、ゆっくり話す時間もないか」

「……うん」

「一兄そういうとこ素直じゃないから、あの時も俺に礼ちゃんの後追うように言ったし」

「え？」

侑太は礼の表情の変化を見逃さないようにじっと見つめて、それから隣に座る礼にずるずるともたれかかってきた。

「ちょっと、眞野くん」

「礼ちゃんの能面顔めんどくさい……表情読めない……」

「あなたに言われたくないんですが」

「昔から思ってたけど、俺たちちょっとキャラ被ってるよね」

「……泣き虫だったくせに」

「いつの話だよそれ」

そう言いながら耳の裏にキスしてくる。

「やめて」

隣から侑太が唇を寄せてきても、礼は画面から視線をはずさない。過剰に反応すればエスカレートするだけだとわかっているから。ちゅっと音をたててこめかみや耳たぶに落とされるキスに気をとられないように、懸命にキーボードを叩き続ける。

キーを叩く一定のリズムが乱れないことが面白くなかったのか、侑太は礼の首筋に食らいついてきた。

「ちょっ……」

また痕をつけられては敵わない。さすがに焦った礼は隣の彼を引き剥がそうとするが、切なく掠れた吐息に、彼の欲情のスイッチが入ったことに気付く。伸びてきた手が腰のあたりを撫でてブラウスの中へ入ろうとするので、まずい、と礼は本能的に思った。

「や、だ……会社で、サカらないでよっ……」

「そう言うなら一兄とは会社でしてないよね？」

「するわけない」

「でもキスはするんだっけ」

「……」

「あーだめだ。訊かなきゃよかった、ちょっと萎えた……」

はぁ、と落胆のため息をついて侑太は体を離した。礼は自分の服を正しながら、侑太をチクりと刺す。

「園崎さんがこんなところ見たらキレるよ、きっと」

「……園崎なぁ」

お？　と礼は、侑太が真面目な顔で思案することに驚いた。てっきり〝関係ない〟って言うと思っていたから。侑太の中で、何か心境の変化があった？

来客用のソファでうーんと大きく伸びをして、侑太は言う。

「礼ちゃんはさ。俺が適当に女の子と付き合うとことごとく邪魔したよね」

「……」

ばれていた。礼の頭の中に、何人もの女の子の顔が浮かんでは消える。

「……だって侑太、顔で選んで性格悪い子とばっかり付き合うから」

「そういう子を選ぶと礼ちゃん、引き離そうと頑張ってくれるでしょ？」

「……え？」

「それが、嫉妬されてるみたいでちょっと嬉しかった」

そんな出来心みたいに語るけれど、一体どれだけの時間、そんなイタチごっこを繰り返したと思うのか。ある時は自分も侑太の彼女だと言い張ってみたり、彼女が他の男に心変わりするよう仕組んでみたり。自分でも嫌になるほど姑息な手で、かつての彼女たちを侑太から遠ざけてきた。

　でもそれも妙と約束したのだ。二人にぴったりの、二人を幸せにしてくれる相手を見つけること。自分のことを嫌な姑のようだと思いながら、懸命にその約束を守ってきた。

「でも最近はすっかり放任主義だし」

「……」

「入社してすぐの時は、何を勘違いしたのか〝なんで帰ってこなかったんだ〟って訊いてくれたけどさ。基本的には家に帰らなくたって何も訊かなくなったじゃん。どうして？　どうでもよくなった？」

「……それは」

「一兄のことで頭いっぱいになっちゃったのかな」

「そうじゃなくてっ……」

「何？」

　迷う。本当のことがもう喉まで出かかっているが、一臣の威厳を思って、打ち明けるべきか迷う。

「何、礼ちゃん」

でも一臣のことしか考えていないとか、そんな誤解はつらすぎた。一臣くんごめん、と心の中で謝って、礼は口を開く。

「……同じように悪い虫を払ってたら、一臣くん、女性経験ないままあの年になっちゃったから……」

侑太の絶句した顔に、さっきまで心の中で謝っていた礼の口元が、ぐぐ、と緩もうとする。

(ごめん、一臣くん。本当に。……本当に)

「信じられない……一兄が童貞?」

先日卒業しましたが、とはさすがに礼の口からは言えない。おぞましい話を聞いたかのように侑太は顔を青くしていて、やっぱり兄弟でそんな話はしないんだなぁと、礼は何年越しかに知った。

「だからね、それもそれでどうかと思って。大学生になってからはあんまり口出ししないように……」

「……何それ。母親じゃないんだから」

「……そうね」

嫉妬されているようで嬉しかったと言っていたから、完全に身内に対するお節介だったと知って、侑太は面白くないのだろう。表情こそ変えないが、不機嫌な雰囲気を纏いだす。

「ごめんなさい」

素直に謝ってみたが、それは正解ではなかったらしい。気付けば両肩を掴まれてソファに押し倒されていた。

「……萎えたんじゃなかったの？」

「超萎えた。だから礼ちゃん、興奮するような声出してよ。精一杯やらしくよがって」

キスも何もなく手が下肢に伸びる。目が据わっていてぞくっとした。……本当にここで？　何度となく感じてきた危機感が、未だかつてないレベルで警鐘を鳴らす。

「……侑太、お願い。どいて」

「今日生理じゃないよね？　前は、仕方なく諦めたけど」

――一臣が酔って帰ってきたあの日。眠る彼の隣で事に及ぼうとしていた二人は、結局、体を繋げるに至らなかった。

*

「……礼ちゃん」

たくさんキスをした後、血が、とこぼす侑太に、既に覚悟を決めていた礼は、あぁ、と思い出したように言った。

「そういえば、予定通りだと今日かも……」

「まじか……」

「床汚しちゃうから、するならやっぱりここじゃなくて……」

「は？　しないよ」

「え？」

しないの？　と、期待したわけではないが拍子抜けした声が出た。侑太は機嫌を損ねたような口調で言う。

「生理中ってナカ弱ってるんでしょ？　しないよ」

「……」

「なに。何か言いたげだね」

「いやぁ……。意外と紳士に育っていて感動しています」

「うるさい、犯すぞ」

「しないって言ったそばから……」

女慣れしてしまった侑太は、遊びばかりを覚えたわけではなく、気遣いも覚えたようで。最後までしないまま解放されたことにほっとする半面、本当にほっとしているのは侑太なんじゃないかと、この時礼は思った。

＊

――今だって。わざと卑しい言葉でなじってみるけど、取り返しのつかないことはしない。礼にはそんな確信があった。ソファに沈んだ上体を、侑太は弄ぶように触った。会社だからといって憚ることなく、礼の両手を上に一つにまとめて摑みながら、もう片方の手で胸に愛撫を施していく。

礼は何も感じない顔でその感触に耐える。

「……資料できてないんだけど」

「まだそんなこと考える余裕あるんだ。かわいくないね」

そう言いながら唇を塞いでくる。それにも礼は、口を頑なに閉じることもせず、舌に応えることもしない。一人遊びのように侑太は角度を変えながらキスをした。面白くなさそうに、躍起になって。礼のブラウスをたくしあげてそこらじゅうにキスを落とすが、礼はそれでも眉ひとつ動かさないように努める。侑太は体を起こしてその顔を見下しながら、吐き捨てた。

「……なんだよ。体は反応してるくせに」

「……」

「人形みたいだ」

侑太の望みが本当に、礼の体を手に入れることだとしたら。ここは応えて、感じて、侑太の欲を満たすべきなのかもしれない。でもそうではない気がしていた。前と変わらない状況で、それでも前よりも強く確信している。ここで取り返しのつかないことになって、後悔するのは侑太なのではないかと。

冷たい目で見下しながら、侑太はショーツの中へと指を滑りこませる。狙って敏感なところを刺激してくる指先にじっと耐えていると、指を一気に奥まで突き立てられた。

「っ！　ごほっ……ん……」

思わず口から飛び出しそうになった嬌声を、咳き込むようにして誤魔化す。頑なに声をあげないでいると、侑太はずるりと指を引き抜いて体を起こした。礼が様子を窺うように見上げた侑太の顔は——泣いていた。

「……えっ……侑……」

礼は驚いて、衣服を乱されたままの格好で硬直した。侑太が泣いている。無表情の目尻に、つーっと光る筋を伝わせて、泣いている。それは本当に珍しくて、最後に見たのは妙の葬式だったのではないか。それほどはるか昔な気がして。どうしていいかわからずに、さすがに礼もうろたえた。

「なんで泣いてるの……」

「……全然化けて出てこないんだよ、妙さんが」

「……え?」

よくわからないことを口走る侑太に、ついにおかしくなってしまったのかと、礼が不安に思ったとき。侑太はまたぽつぽつとしゃべりだした。

「こんなに手ぇ出してるのにさ、何も見てないみたいに」

「侑太……?」

「妙さんの言う〝手を出す〟って結局、ヤることだったのか……?」

「……ごめん、意味がよく」

どうしてこんな場面で妙の名前が出てくるのか、礼にはさっぱり事情がわからない。

「ずっと礼ちゃんのことが欲しかった。たぶん、好きだよ。家族みたいな気持ちじゃなくて。女として見てるし、触れてるだけで頭の中沸騰しておかしくなりそうになる」

「……」

「妙さんに会いたいからじゃない。ただ俺が礼ちゃんを抱きたい。……だけど、妙さんにも会いたい。化けてでもいいから出てきてほしい」

「……なに?　私を抱いたら妙さん、出てくるの……?」

わがままを吐露するような侑太の言葉をつなげて、単純に導き出される理屈だけを述べてみたがそれでもよくわからない。

「そう言ってた。でも俺は……」

切れ長の目が、無表情な顔が。泣いているからか熱を帯びていて、いつになく雄弁に訴えかける。

「体よりもっと、心が欲しい」

「……」

涙がぽたりと頰に落ちてきて、礼は指先一つ動かすことができなかった。

侑太が心から望むなら、体は差し出せる。なんでそこまでと人に問われれば、それだけのことを二人からはもらってきたからだ。でも心は？　心までも差し出せる？

心意気としては、差し出せるつもりだけど。

「……私、好きだよ。侑太のこと」

言えることはそれが精一杯だった。涙は引いたのか、頰にその跡だけを残して侑太は、礼を見下ろしたまま少し笑って訊いた。

「一兄よりも？」

「……好きだよ。一臣くんも、侑太も好き」

「それがどれだけ残酷なことか、礼ちゃんには想像力がないね。そんなのまかり通るわけがない。はっきりしない女はだらしないって言われるよ」

「でも」

侑太が優しい顔で辛辣な言葉を吐くから苦しくなって、礼は、喘ぐように声を出す。

「でも私……もう選んでる」

「何を？」

「どっちのことも選ばないって、ずっと昔に決めてるの」

「何それ、馬鹿なの？　選ばないことを選んでるなんて、そんな詭弁じゃなくてさ。今度こそちゃんと選ぶんだよ」

「……」

「好きって言えば。一兄のことが好きだって」

礼はふるふると首を横に振った。ソファの上で礼は、捕食される寸前の小動物のように身を縮めながら、けれど決して獲って食われることのない男の下でその心の内を暴かれる。

「礼ちゃん言って。俺のことなんか一度も男として見たことないって。ドキドキした瞬間なんて、一度もなかったって」

礼はまだ、首を横に振る。どちらにもドキドキなんてしていない。それが礼の返すべき回答だった。何をされたところでどちらに籠絡されることもない。問題ない。そうあるべきだ。だって自分には、二人を幸せにする義務がある。

でも侑太にドキドキしたことが、一度もないのかと言えば、本当は。

「……体を先に手なずけたら、いつかは心も手に入るのかもって考えなかったわけじゃないけど。でももしそれが叶ったところで、どこかで一兄のこと想ってるのかなってつらくなるのは御免だ」

「……だから私は。一臣くんのこと、別にそんな風に……」

「認めればいいよ。本当はずっと一兄だけが好きだったんだって。気付いたら後のことはもう、全部過去ってことにしちゃえばいいから」

「……」

「たとえ、ほんとは一瞬俺にくらっときちゃってたとしてもね」

そう言って侑太は、見慣れない意地悪な笑い方をして大きな手で礼の頭を撫でた。喉の奥でいろんな感情が塞き止められて、礼は何も言えないで。最後に侑太がぼやくようにつぶやいた。

「とっくの昔に両想いのくせに、二人して処女と童貞こじらせてきたとか意味わかんねーよ」

きもいわー、とわざと腹の立つ言い方をして、侑太は礼から離れていった。


カタカタと、部屋にはキーボードを叩く音だけが静かに響く。侑太が先に退社して、只今の時刻、深夜十一時。思うところはたくさんあっても、片付けるべき仕事をこなすために手を止めてはいけない。手書きでＡ４の紙に書き記した仮説と、資料の中から見つけた図表を猛スピードでスライドの中に落とし込んでいく。

たとえ、侑太に〝一兄が好きだって言えば〟と言われたことに対して、未だに〝違う〟と思っていても。たとえ、最近までバージンだったと決めつけられていたことが、心外だったとしても。今は無心に手を動かさなければならない。……あぁでもなんでバレた！

無表情で指先をキーボードに滑らせながら、礼は脳内で頭を抱えて悶絶する。まさか手馴れた男は、組み敷いただけで女が処女かどうかを判別できるとでも言うのだろうか？　こわい！　誰かの童貞のことは散々笑っておいて、〝実は自分も処女でした〟なんて口が裂けても言えない。一臣と初めてした日に、根性で痛みをこらえて泣くのを我慢して。一度済んだあとの僅かな血痕に〝まさか〟と疑った顔をした一臣には「そういえばそろそろ生理だったかも」なんて言ってシラを切り通した。相手が一臣だったから騙せたようなもので、童貞でよかった！　と思ったなんてことも口が裂けても言えない。

昔から両想いのくせに、なんて。処女と童貞こじらせてきただなんて。何その格好悪い話。私のことではありません、と礼は自分にもシラを切り通した。キーボードの勢いは増す。スライドは間もなく完成。しかし一向に、礼の内心の解答欄は埋まらない。

十一時半に分析資料は完成し、念のため紙に出力してチェックをすれば、時刻は深夜零時前。大量の市場データの紙束にも使った箇所に付箋を貼っていたので、資料と一緒にマーケティング部へ持っていく。もし誰もいないようならば、依頼人である村上の席にそっと置いて帰ろうと思っていた。

社員証をかざしてオフィスへの扉を開く。夜の冷えた空気に触れて冷たくなったその扉の向こうには、今ではあまり足を踏み入れることがない。深夜のオフィス。製品企画グループには、まだ数名の人影があった。

なるべく人目につかないようにそろりとその島に近付く。みんな資料の追い込みに必死で、パソコンの画面から片時も目を離さない。一臣はもう会社を出たのだろうかと、ぐるりとオフィスを見渡すと、いた。島のすぐそばにある給水器の前で女性社員と話している。よく見ると、見覚えのある吊り目の美人。相手は園崎由乃だった。

「ねぇ、主任。眞野くんって家では普段どんな感じなんですか？」

「園崎、もうすぐだから無駄口叩かず頑張ろうな」

「えー！　ここまで頑張ったからご褒美に教えてくれても！」

「ほら、水。はいデスクに戻って」

「ケチ！　鬼主任！」

遠目に見ていながらその会話が聞こえてきて、礼は一気に白けた気持ちになった。上司にあんな口の利き方ありえない。侑太にあの子はナイ。じーっと冷めた目で観察していると、園崎はまた大きく動き出した。

「……主任、実は眼鏡ないほうが格好いいんじゃ？」

「やめろ。こら、勝手にはずすなっ」

「でも、だって。……ほら！　このほうがいいですって絶対！」

「お前疲れすぎてちょっとハイになってるだろ……」

その様子を見ていたら、体が勝手に動いていた。膨大な過去資料の上に完成した分析資料を載せて、両腕にそれを抱えて。礼は、カツカツと歩き園崎に激突せんばかりの勢いで詰め寄った。

「……え？」

「――お疲れさまです。これ、健康食品の市場分析資料です」

「な、に。どうして潮見さんが、これ……」

「はい、離しますよ」

「え、ちょっ、重いんですケドっ……⁉」

「絶対に落とさないでくださいね。バラバラになったら、また一枚一枚確認しないといけません」

一連のやり取りを見て目を丸くしていた一臣に向きなおる。〝なんでここにいるんだ〟という顔で不思議そうに見下ろす一臣に、礼はきりっとした顔で詰め寄った。

「眞野主任」

「はい」

「眼鏡はきちんとかけてください。ズレてるの、だらしなく見えます」

「……潮見さん？」

「お疲れさまです」

それだけ言って、ぺこりとお辞儀してオフィスを後にする。一直線に出口を目指して早足に歩くと、後ろからは〝重ーい！〟と音(ね)をあげる園崎の声。決して後ろを振り返らない。

――バツが悪すぎて、振り返れない。

受付に戻って、着替えはもういいやと上からカーディガンを羽織る。ロッカーから鞄を取り出しエレベーターホールに向かうと、ちょうどそこにオフィスから出てきた一臣がいた。

「潮見さん」

ちょっとちょっとと手招きされて、礼は一瞬足を止めてしまう。

「ほら、そんな嫌そうな顔してないで。おいで」

――おいで、なんて。会社の部下に言う？　たぶん言わない。わかっていながらたしなめることもせず、礼は渋々一臣のそばに寄った。最近はずっと機嫌が悪かったから、優しい顔を向けられると、何かあるのではないかと勘繰ってしまう。

「資料、ありがとう。頼んだのは村上？　あいつ俺に何も相談せずに……」

「別に構いません」

「……そう。正直、かなり助かった」

ありがとう、ともう一度言って、一臣が礼の頭に触れようとした。その時。

「やっ……」

とっさに礼は伸びてきた手を振り払った。

「……え、何その反応」

一臣はまたぽかんとしている。礼はドクドクと鳴る心臓を押さえ込んで答えた。

「……頭を触るのはセクハラです」

「なんで？　嫌？」

「嫌です」

「……ふーん？」

せっかく柔らかくなっていた空気がまた険しくなっていく。あぁ嫌だ。誤解も、喧嘩も。もうたくさんなのに。無表情の下でどうしようと必死で打開策を考える。思いついたのは、いつもの支離滅裂な言い分。またきりっとした顔で一臣を見上げる。

「眞野主任」

「なに」

「練習しましょう。キス」

「……なんで今キスなんだ！」

意味がわからん！　と言われ、ですよね……と心の中で頷く。礼自身も意味がわからなかった。意味はわからないけど、一度でも前言撤回してしまえば無表情キャラは威厳をなくす。間違ったときでも堂々と、主張を曲げず、要求を通す。これは妙の教え。人には人に合った世の渡り方があるということ。〝あんたの場合、それはたぶん愛想じゃないわね〟と言われた。だから、意地でもキスをする。

「こんな険悪な雰囲気を、打開するためのキスの練習です」

「……彼女と喧嘩した場合を想定して？」

「ええ。何を言ってもどうしようもない時は、キスで丸め込むのが常套手段だと」

「それは何情報？」

え、なんだろう。少女漫画かな、と逡巡しながら。

「一般論です」

「……仲直りしたいって素直に言えば？」

「練習だって言ってるでしょう」

まったく腑に落ちていない顔をして、一臣は深いため息をついた。そして。

「……うん、もうそれでいいよ。おいで」

そう言いながら礼の腕を掴んで、引き寄せて。顎に手をかける。少し上を向かされると久々に間近に見る一臣の顔があった。ゆっくりと目を閉じると、それに合わせるようにゆっくりと口を塞がれる。何も奪わない、ただ触れるだけのキスで唇は離れていった。

「……そんな顔されるとこっちが恥ずかしいんだけど」

険悪な雰囲気を終わらせたくてとっさにキスを提案したのは、やっぱり間違っていた。こんなに頬を熱くしていたんじゃ、払いのけた手も意味がない。じんわりと熱くなっていく頬の温度を確かめるように、一臣は大きな手で礼の頬に触れる。

「一人で帰したくないな……」

どこかで待ってる？　と訊かれて、礼が答えようとしたとき。さっと一臣が礼の体を引き離した。

「——あの資料、明日の朝村上に説明しておいてもらえるか」

「……ええ、もちろんです。データ元の引き継ぎもしておきますね」

急に仕事の話をするから何かと思えば、ちょうどエレベーターホールに園崎が現れた。礼はすぐに察してそれなりの返答をする。すると一臣はぱっと顔を上げて、たった今園崎に気付いたような声を出した。

「園崎、お疲れ」

「お疲れさまです。資料のまとめ終わりました。私、終電なのでお先に失礼します」

高いヒールを履いた園崎は、姿勢をまっすぐ正すととても背が高くて、一臣の鼻にも届くくらいだった。美しい立ち姿が絵になる。これでもう少し社会的なマナーがなっていれば……と思ったところで、彼女が新入社員だということを思い出した。まだ周りから指摘してもらえてしかるべき年次なのに、心の中で評価を下げていた自分を反省する。

そんな礼をよそに、一臣はたった今思いついたらしい提案を口にした。

「あぁ、いや。園崎も今日は疲れてるだろ。ちょうど潮見さんがタクシーで帰るみたいだから、一緒に乗せてもらえ」

えっ、と驚いて一臣の顔を見ると〝いいから〟と目で促される。次いで園崎の顔を見ると、意外にも嫌そうな顔をしていなかった。

「いいんですか？　潮見さん」

「……それはまぁ、別に。構いませんよ」

会社を出てすぐ前の道にタクシーが三台列をつくっていた。この辺り一帯はビジネス街で、深夜帰宅のサラリーマンも多いのだろう。先頭に停まっていたタクシーに向かって手を上げて合図する。気付いた運転手は車を少しだけ前に進めて、後部座席のドアを開けた。

「奥どうぞ」

園崎から先に乗るように促され、車に乗るときの席次なんかはちゃんと知っているんだなぁとぼんやり思う。入社して五年。もし今も礼がマーケティング部にいたなら、園崎にトレーナーとしてつくこともあったかもしれない。

二人が乗り込むと、タクシーは緩やかに発進した。運転手はおしゃべりな人ではないようで、最初に行き先を確認して、車内の温度は適切か尋ねるとそれ以降黙ってしまう。

「……」

礼も黙ってしまう。基本的に会話は受け身なので、麻友香のように話題をガンガン振ってくる人が相手でなければ場がもたない。それでも、無表情でぴんと背筋さえ伸ばしていれば気まずくはなかった。相手に〝そういうものだ〟と思ってもらうことができた。空気になるのは得意だ。しかし園崎は、麻友香と同じく話題を振ってくるタイプだった。

「さっきのアレ、なんですか？」

言われてドキッとする。さっきのアレとは、何か。

「資料抱えてぶつかってきたでしょ。あれほんとに重かったんですからね！」

「あぁ……」

エレベーターホールのキスのことではなくて、ほっと胸を撫で下ろす。園崎は深夜でもきっちり綺麗に描かれたきつめの眉を寄せながら、なんなんです？　と繰り返した。

「何、とは？」

「あの露骨に私と眞野主任の間に入ってくる感じですよ。なんなんです。嫉妬ですか？」

「……」

ほんとに口の減らない新人だなぁとイラッときたものの、礼はいつもの声のトーンを変えずに話す。

「前にも言ったと思いますけど、どちらのことも好きじゃありません。だから嫉妬とかは」

「絶対嘘ですよそれ」

「……」

「好きになっちゃうでしょ、あんな兄弟が同じ会社にいたら。ならないほうが不思議です」

「……園崎さんはどうして、二人が兄弟だと？」

「人事と仲が良いんです、私。〝あんまり社内では知られてないんだけどね〟って言って教えてくれました」

「なるほど……」

「ちなみに誰から聞いたかは秘密です。今後も私の大事な情報源なので」

はぁ、そうですかと返事しながら、個人情報も何もあったもんじゃないなと自分の勤める会社を危ぶむ。すると園崎は、輪をかけて大変なことを言ってのけた。

「潮見さんのことも聞きましたよ？」

「え？」

「ほんとびっくりです。まさか受付のにこりともしないお姉さんが、会長のお孫さんだったなんて」

「…………」

それは本当に、会社の中でもごく一部の人間しか知らないことだ。それとも、表立っては言わないが、裏ではみんな知っていることなのだろうか?

取り立てて隠したいわけでもなかった。礼の祖父は、現役でタイド薬品の会長をしている。隠したいわけではないが、知られたときみんなが抱く感想に想像がついたので、それだけが面白くなかった。

「良いなぁコネ入社。しかもお爺様が会長だなんて、別に働かなくても充分生きていけるじゃないですか。会長なんだから資産もいっぱい持ってらっしゃるんでしょう? うちの会社、業績も良いし」

あけすけすぎる園崎の感想に、逆に気持ちいいなと思いながら彼女の目を見る。少しも臆さないし、たぶん、嫌味を言っているつもりもないのだろう。純粋にそう思っているという目でまっすぐ礼を見つめ返してきた。美人の吊り目には不思議な迫力がある。〝そうでしょう?〟と確信を持って迫られて、つい本当のことを言ってしまいそうなほど無垢な瞳。

「……コネ入社ではない、とは言い切れませんね。入れてくれと誰かに頼んだわけではないですが、私の素性を把握していた誰かが、入社できるよう裏で根回しをしたという可能性もあります」

「そうですよね」

「でも私は、働くためにこの会社にきました」

「え？」

「道楽なんかじゃありません。もしかしたら他の社員よりも、利益をあげようと考えているかも」

礼は。――礼たちは。働くためにここに来たのだ。

「ふーん、それはそれは……。会社を継ぐつもりなんですか？」

「まさか。会長は同族経営にこだわりないですし、むしろ嫌がるでしょうね」

「そういえば社長は血縁関係ないんでしたっけ。実力でのしあがったすごい人だって先輩が話してたような……」

そこで園崎は、ん？　と首を傾げる。隣の座席から身を乗り出すようにして訊いてきた。

「働きたいならどうして異動希望出したんですか？　潮見さん、元々マーケだったんでしょ？」

「……そんなことまで知ってるんですか、あなたは」

園崎由乃の情報網はなかなか侮れない。

「受付が働いてないとは言いませんけど、製品企画のほうが利益あげてるって実感できたんじゃないですか？」

「……」

情報網がある上に、鋭い。なんと答えようか迷って、礼は、いくつかある答えの中から表面的なものを選んだ。

「受付のほうが、いろんな人と出会えるでしょう?」

「……はぁ」

働くためと言いながら婚活ですか、と園崎は隠さず軽蔑の目を向ける。本当に素直な人だなぁと思いながら礼は曖昧に頷いた。確かに、この会社に入った目的を果たすためなら、マーケティング部で職務をこなすのがベストだったんだろう。礼自身もそう思っている。けれどあれ以上、マーケティング部にいることもできなかった。

「……まぁ、理由はいろいろですよ」

その理由を、園崎に教えてあげる気はない。目的地まではあと五分。そのまま黙っていても別によかった。園崎もこれ以上礼への関心はないのか、話題を振ってくることもなくスマホをいじっている。

なんとなく礼から話題を振ったのは、ものすごく珍しい気まぐれだった。

「園崎さんは」

「はい」

名前を呼ばれて園崎はぱっとスマホから顔を上げる。人の目を見て話す。こちらがドキドキしてしまうほどに。これは褒められるべき点。

「眞野くんのどこが好きなんですか?」

「……意外。そんなこと訊かれるなんて」

言いながら園崎は、答えることにやぶさかではないようで、そうですねぇと宙を見て考え始めた。

「顔は、もちろん好きです。最初に見たときに綺麗な顔ーって思って、気付いたらじっと見つめてしまってて」

「……そんなにですかね？」

「え？」

「なんでもありません。他は？」

つい本音が出たのを誤魔化す。あまりに近くにいすぎて、自分が侑太を正当に評価できていないのだろうか。結局顔しか見てもらえないというのも、不幸なことな気がする。

しかし園崎が次に挙げたのは、意外な点だった。

「もう一つは、実は家庭的なところですかね」

「……へぇ？」

「採用試験のとき、私、彼と一緒に面接を受けたんですよ。面接ってお決まりの質問があるじゃないですか。その時〝趣味はなんですか〟って訊かれて」

「趣味……？」

「この綺麗な男の子はなんて答えるんだろうなー、カメラかな？　それとも自転車？　なんて妄想を膨らませていたら。眞野くん、きっぱり〝料理です〟って答えたんです」

「そうなんですか」

「しかもその後、得意料理じゃなくて〝作るのが好きなメニューは野菜炒めとシチューです〟って。あぁほんとにこの人料理好きなんだなぁって思って」

「……」

「料理が好きってつまり、誰かに食べてもらうのが好きってことでしょう？　誰かに美味しいって言ってもらうのが好きってことですよね。あんな無表情なのに、誰かのこと想いながらシチュー煮込んだり、野菜炒めたりするんだなぁと思ったら、ちょっとかわいいなって思いません？」

「……そうですね」

「なんかいじらしくって。普段素っ気ないし冷たくされっぱなしですけど、いつかは自分のこと想いながら作ってほしいって欲が、ふつふつと」

　礼は、四日目のシチューの味を思い出していた。

「……告白はしないんですか。眞野くんに」

「してますよ。入社してからかれこれ五回は。全部〝タイプじゃない〟って振られてますけど」

「それはなかなか」

「でも、まぁ。あと一押し、って感じです」

「……結構前向きなんですね」

応接室で園崎の名前を出したときの、〝園崎なぁ〟と想いを馳せていた侑太の顔が頭に浮かんだ。四日目のシチューとその顔を頭の中に並べて、秤にかけてみたけど、やっぱりそれとこれとは別の話。

園崎の家を経由して眞野家に戻ると、部屋の明かりは消えていた。居間からシチューの香りがして、覗くと「チンして食べて」と置き手紙があった。侑太は先に眠ったらしい。礼はそれを一人で食べてシャワーを浴びた。一臣を待とうか迷ったが、キスをしてしまった手前、これ以上は侑太に対して公平ではない気がして。礼も自室でベッドに潜った。玄関からの物音で一臣の帰宅を確認したのは、深夜二時半のことだ。

そして翌日、金曜日の朝五時。二人が起き出す前に自分の部屋を抜け出して、こっそりとあの部屋に忍び込む。二つの仏壇に手を合わせる。そして報告をする。

（……妙さん）

計画は思っていた以上にうまくいきました。やっとのこと見つけ出した理想の女性と一臣くんの結婚は秒読みです。食事に行くようになったのは最近なのに、ちょっと展開が早いような気はしますけど。でもまぁ、彼女は本当に条件にぴったりだと思います。グイグイと引っ張ってくれて、時には叱ってくれる強い人。おまけにとってもかわいらしい人。

侑太についてはまだちょっと保留で。最近、もしかしたらこの子なら？　と可能性を感じる子はいるのですが、社会人としてのマナーがまだなってないし、侑太を落とすにももう一押し必要とのことなので、これからに期待です。

（……眞野のお父さん、お母さん）

たいっっへん申し訳ございません。結婚前の大事な息子さんと……主に兄のほうと、その……。天国から見てらっしゃるかもしれませんが少しアレなことになっています。本当に本当にごめんなさい……。合わせる顔がありません。実際にお会いしたこともないですけど……。でもちゃんと、二人とも責任をもって幸せにしますから。どうか安心していてください。

いろいろ時間がかかってしまったし、失敗もしているけれど、結果だけ見ればうまく回りだした気がするのです。ねぇ妙さん。

私はちゃんと、魔法使いになれたかな?

今日、礼は初めて朝食を食べずに家を出た。前日どれだけ残業で遅くなっても、喧嘩をしていても、必ず三人で囲んできた朝の食卓。「用があるので先に出ます」とメモをテーブルに残し、家を出た。〝一兄のことが好きなんでしょ〟と繰り返す侑太と、一臣。二人と同じ食卓について、いつも通りの顔でいられる自信がなかった。

そんなことはない。好きなんて、絶対にそんなことはないんだけど、さすがにあそこまで確信を持って言われると居心地が悪い。率直に言えば、逃げたのだ。朝の食卓は大事なものだったにも関わらず、ただ気まずさで。

他に大事なものがあったとして、自分は結構、逃げてばかりだ。妙だけがそんな礼のことを知っている。

いつもより一時間以上早く出社した礼は、昨晩使われていたすべての会議室と受付スペースをピカピカに磨きあげた。雑巾をすべて絞り終え、一息つくと少し汗をかいていて、軽い運動を終えた後のような疲労と満足感。そうこうしている間に麻友香が出社する。

「おはようございまーす。早いですねぇ潮見さん」

「おはようございます。ちょっとそんな気分だったんですよ」

「いやぁ、北原はないですよそんな気分になること……。ぎりぎりまでおうちでだらだらしたい派です」

「でしょうね」

知ってます、といつものトーンで言うと「着替えてきまーす」と北原は明るい声で更衣室へ歩いていった。麻友香とのやり取りはしっくりくる。これぞ通常運転、と一人頷いていると、ピコン、とＬＩＮＥの通知が鳴る。


〝今晩空いてる？〟

……通常運転、通常運転。ＬＩＮＥは松原からだった。最後に飲んだのは、二ヵ月近く前だろうか？　久しぶりの松原からのお誘いは……時間が早すぎるのでは？　まだ朝の九時半を過ぎたところ。朝一番に何か嫌なことがあったのか、それとも一週間の鬱憤が溜まりに溜まって爆発しそうなのか。〝空いてますよ〟と一言返信を打つと、また謎のブサかわいいキャラクターが親指を立ててくる。続けて〝九時にいつものバーで〟とメッセージがきて、礼もブサかわいいキャラクターで親指を立てた。間髪入れずに〝なにダウンロードしてんのよ！　真似すんな！〟とメッセージがきて、それはそっと無視した。

仕事仕事。昨日の資料を村上に説明しに行かなければ。ちょうどよく着替えて戻ってきた麻友香に声をかける。

「北原さんすみません、ちょっとマーケティング部に行ってきます」

「はーい。あ、そういえば昨日資料頼まれてたんでしたね。ちゃんと帰れました？」

「ええ。遅くはなってしまいましたけど、ちゃんと帰って寝ましたよ」

「うわぁ……潮見さんがマーケの人みたい……。遅くなる時は一人で帰っちゃだめですよー。この間男の人が押しかけてきたとこだし！」

「ありがとうございます。大丈夫です。昨日はタクシーだったし、園崎さんも一緒でしたから」

「えっ、珍しい組み合わせですね」

「……そういえば北原さん」

「はい」

「最近、眞野くんが話題に出ませんね」

「あぁ」

麻友香はあっけらかんとして言った。

「ちょっと飽きてきました！」

「……」

あ、飽きるんだ……。礼は移り気な同僚に半ば感心しながら、マーケティング部へ向かった。


昨晩遅くまで残業していたというのに、製品企画グループを覗くと誰一人欠けることなくメンバーが揃っている。そこには夜中に帰ってきた一臣と、礼と一緒に帰った園崎の姿もあった。二人とも前日の疲れをまったく見せない。一臣なんてほとんど眠れていないだろうに。そんな姿を横目に見つつ、村上のデスクへと向かう。

「お疲れさまです」

「あ、潮見さん！　お疲れさまです。資料ほんとにありがとうございましたっ。昨日も遅くまで残業になってしまったみたいで……」

「いいえ、それは別に……」

問題ないですよ、と言いながら、礼はある物に目がいった。デスクの下に置かれた村上の鞄には、マタニティーマークがついていたのだ。礼の視線に気付き、村上は困ったようにはにかむ。

「そうなんです、実は」

「いつ」

「予定は、来年の二月です。まだ先なんで産休に入るまではしっかり働きます！」

「そうなんですね……おめでとう」

「……潮見さん」

「はい」

「私……潮見さんの笑った顔、初めて見たかもしれません」

「え？」

気付くと周りの数人が、礼の顔をじっと見ていた。

「……なんですか。おめでたいことがあれば私だって笑います」

あまりに注目されるものだから気恥ずかしくなってそう弁解すると、村上がふっと笑って、あっちで打ち合わせいいですか？　と席を勧めてくる。一臣もそんな礼を見て笑っていて、更に頬が熱くなった。


資料の説明を一通り終えると、村上は深くため息をついた。

「すごい、すごいです潮見さん……。ほんとになんで総務にいっちゃったんだろうってくらい、マーケ向きですよね。考察が深いしわかりやすいし……」

「後輩に褒められるのは変な感じですね」

「後輩と思ってるなら敬語やめてくださいよー」

〝潮見さんとっつきにくーい〟と言ってくる村上も、どこか麻友香と同じ属性を感じる。

「でも……この商品のポテンシャルもすごいですね。競合ひしめく健康食品市場の中で、今年度の年商見込み五十億ですか」

「ちゃんと他の方の分析ともすり合わせてくださいね。それくらいはカタいかなぁとは思うんですが」

「これ、眞野主任が主任になって初めてトップで仕切った商品ですよね。すごいなぁ……今後のうちの主力にもなり得るもの作っちゃうなんて」

「……そうですね」

「主任も戻ってきてほしいと思ってますよ」

「え?」

「潮見さんに。製品企画に戻ってきてほしいって思ってますよ、絶対」

「……」

村上の言葉に深い意味はないのだろう。けれどそう言われると、礼はどうにもむず痒かった。

「あっ、資料について一つだけいいですか」

「どうぞ」

「ここの資料なんですけど、この使い方なら別のデータを使ったほうがいいかもしれません。確かもっとサンプル数の多い調査結果が、あのロッカーの上のほうに……」

そう言って席を立ち、ロッカーのほうへ向かう村上の後をついていく。

途中、ＭＲグループの島の前を通ったときに一瞬だけ侑太と目が合った。ぱっと目をそらす。なんで朝は先に出たのかと、その目は尋ねてくる気がしたから。

村上の言っている資料はロッカーの高い位置にあった。村上よりも背の高い礼が背伸びして手を伸ばしても、その資料が入ったボックスに指をかけることができなかった。これは無理ですねと言って村上は、打ち合わせスペースから椅子を一つ持ってくる。自らその上に乗ろうとするので、礼は慌てて彼女を止めた。

「いいです、私が取ります」

「いやいや、後輩の私が取りますよー」

「妊婦さんに取らせるのは良心が痛むんです」

えー、と不満げにこぼす村上を無視して、礼がパンプスを脱いで椅子の上に乗る。思った以上にロッカーの中には大量の資料があって、これはちゃんと整理されてるのか？　と疑った。

「……本当にこれですか？」

「そのボックスの中のどれかのはずです！　ボックスごと下ろしてもらえますか？　下で受け取ります」

「わかりました」

そう言って、村上が指さすボックスに手をかけて手前に引いた。両手で抱えようとしたとき。

「っ……！」

ボックスは思った以上に重くて、礼は椅子の上でバランスを崩す。両手にボックスを抱えたまま、受け身を取ることもできないまま――後ろへ。

「潮見さん……！」

悲鳴のような村上の声が聞こえて、彼女にだけはぶつかってはいけないと思ったが、もう自分ではどうしようもなく。ぎゅっと目をつむる。礼は椅子の上から、重たいボックスを抱えたまま派手に落ちた。――けれど無傷だった。体のどこも痛くない。薄く目を開けると、自分の下に一臣と侑太を敷いていた。悲鳴と大きな物音に反応して、オフィスの隅のロッカーにザワザワと人が集まる。礼はまだ驚いていて、声が出ない。背後から、周りには聞こえないほどの小さな声で、侑太は言った。

「……大丈夫？　礼ちゃん、怪我してない？」

「う、うん……」

「危ないだろ馬鹿。椅子に乗らなくても誰か男呼べば……」

「ごめんなさい……」

馬鹿と言って悪態をついたのは一臣だ。まだドクドクと早鐘を打つ心臓を押さえつけて呼吸を整える。

「本当に、大丈夫……」

「体、起こすぞ」

そう言うと一臣は自分の体をゆっくり起こして、一緒に礼の上体も乗ったまま持ち上がる。侑太が前にまわりこんで顔を覗きこんできた。

「顔色悪いけど。びっくりしただけですか？」

「うん。ほんとに、大丈夫……ごめん」

礼のその返事を聞いて、一臣は周りに集まった社員に声をかけた。

「騒がせてすまない。無事らしいからみんな持ち場に戻って」

「ごっ……ごめんなさい潮見さん!!」

同じく驚いて固まっていたらしい村上が駆け寄ってきて、礼は「大丈夫」と笑って見せる。言葉通り本当に怪我はない。忙しいマーケティング部で騒ぎにしてしまって、恥ずかしさと申し訳なさはあるけれど。見たところ一臣にも侑太にも怪我はないようで、ほっと胸を撫で下ろす。——ただ。

「立てるか？」

「はい……」

「手、ちゃんと掴んで」

「ありがとう……」

助けてくれたのは、二人。手を差し伸べてくれるのも二人。その事実に、やっぱりそうだよなぁと思って、ずっとわかっていたことをまた思い知らされた。


念のため医務室に行くよう二人からは勧められたが、本当に大丈夫だからと断った。あまりに過保護なところをこれ以上会社で見せたら、変な噂が立ってしまう。泣きそうになっている村上をなだめながら資料の差し替えを行って、その後は通常の受付業務へと戻った。

「大丈夫ですか潮見さん、派手に椅子から落ちたって」

「大丈夫です。ほんとに、北原さんの言う通りうっかりでしたね……」

「主任と眞野くんが格好よく助けたと聞きました」

「……」

「不謹慎なのはわかっていますが、正直潮見さんオイシイなって思っちゃいましたすみません……」

「本当にあなたは……」

その後、来客がいくつかあったので受付業務をこなし、定時後は麻友香を見送って、分析資料の修正を少しだけ引き取る。どうせ今日は松原との約束までに時間があった。

修正作業に入ると〝この資料も参考で付けたほうがわかりやすい〟と気付いてしまって、結局作業を終えたのは約束の時間ギリギリ前。製品企画グループの島に行くと、昨日の残業の反動か残っている人は少なかった。一臣の姿もない。グループ内での検討会をひと段落させて、今日は早めに切り上げようと提案したのだろう。別作業で残っていた社員に修正した資料を預け、礼も会社を後にする。

時刻は夜の九時前。駅前の、書店の隣にある地下のバーへ。待ち合わせの時間に間に合うように早足で駅まで歩きながら、礼は考えていた。

今日、椅子から落ちた礼を助けてくれたのは〝二人〟だった。一臣だけじゃない。侑太だけでもない。いつだって〝二人〟に助けられてきた。あの日、妙が亡くなった日に、たった一人の家族を失ったような絶望感に落ちていた礼に、二人がしてくれたこと。

葬儀の間ずっと手を繋いでくれていた。一人はまだ小さかったのに、泣くのをぐっとこらえて〝大丈夫だよ〟〝俺たちがいるよ〟と言って懸命に慰めてくれた。本当はとても泣き虫なくせに。もう一人は口下手で、何も優しい言葉なんてかけてくれなかった。ただ不器用に、ぐっと、痛いくらいの力を込めて手を握ってくれていた。絶対に離さない、と暗に言われているような気がした。それだけで大丈夫かもしれないな、と思えた。

本当は家族でもなんでもない自分のことを、二人がずっと繋いでいてくれた。どうすれば三人で一緒に暮らせるかを、一生懸命に考えてくれた。だから、どちらのほうが好きとか、そういう問題じゃない。どちらもちゃんと自分が幸せにすると決めたし、どちらか一人を不幸になんて絶対にさせない。口に出しては言わないけれど、礼はあの兄弟を愛してる。

今日は松原にお願いするのだ。一臣くんをよろしくお願いしますと。幸せにして、幸せにしてもらってくださいと。すぐに馬鹿って言うし、最近まで童貞だったし、プレゼンは上手になったけどほんとは口下手だし、胸への執着はすごいし、既にちょっとおじさんだけど。でもすごく優しい。全部わかっていながら騙されてくれるし、優しくしてほしいときは優しくしてくれる。間違ったことをしたときは、自分が痛いみたいな顔で怒ってくれる。笑うとき顔がすごく優しい。本当に、苦しくなるくらい優しくて。礼はそれを見ていられないときがある。松原もきっと、そんな彼のことが愛しくなるに違いない。

少し急な石の階段を下りて、木製のドアの前。腕時計を確認すると夜九時ちょうどを指していた。深呼吸して、金のドアノブに手をかける。ゆっくりと押し開けると、中からジャズのミュージックが流れ出して、ネクタイをしたマスターと目が合う。五感に訴えるいかにもな雰囲気。いつも松原と座るカウンターの席に、彼女はいなかった。

そこにいたのは。

「聞いた通りだな。時間ぴったりに来る優等生、潮見さん」

「………たまたまです」

「もしかしてまた資料頼まれた？」

「少しだけ。でももう終わりました」

「そっか」

　帰ろうかと思ったが、目の合ったマスターが微笑むから後に引けなくなって、会話しながら彼の隣に腰かける。こんなに不本意な金曜の夜はない。

「……なんで一臣くんがいるの？」

　眞野主任と言うべきか迷ったけれど、ここは会社ではなかった。一臣は先にグラスに口をつけている。

「松原さんを通じてきみを誘ったんだよ」

「何させてるんですか、嘘までつかせて。帰ります」

「だって俺が普通に誘っても断るでしょ」

　それに先に嘘ついたのは潮見さんだしね、と、一臣と松原が飲むように仕組んだことを引き合いに出されて、礼は黙った。何飲む？　と訊かれて、とっさにお酒の名前が浮かばないでいると、一臣は「同じやつを」と言ってマスターに自分のグラスを見せた。

「なんです、それ」

「シェリートニック」

「……通ぶってて嫌な感じ」

「機嫌悪すぎるだろ」

「だって、嫌だ。こんな騙されたみたいな」

「ゆっくり話がしたかったんだよ」

「家でもできる」

「侑太のいないところで。家で二人だと、それはそれでいろいろと盛り上がりすぎちゃうし」

「……最低」

悪態をついている間に、礼の分のシェリートニックがやってきた。

「お疲れ」

乾杯、と言って一臣はそっとグラスを目の高さに持ち上げる。礼はその動きをなぞる。

一口飲むとほのかな酸味が広がって、口の中がさっぱりした。

「……美味しい」

「そうだろう。好きそうな味だなーと思った」

「……」

嬉しい顔なんてしない。なるべく、一臣のほうを見ない。

「……なに？　話って」

「あぁ、うん」

相槌を打って一臣は、また一口。

「礼は今、誰かと結婚しようとしてる？」

「……は？」

「なんか会社に変な男来ただろ、この間。婚活パーティーで会ったって」

「あぁ……」

なんだそんなことか、と肩の力が抜けた。そうだった。侑太も同じように思っていたし、一臣もそう思っていたとしてなんの不思議もない。

「あぁ、じゃなくて。どうなんだ」

むっとして訊いてくるから、ちょっとおかしくなってしまう。本当のことを言ったらまた馬鹿だと言われてしまうだろうか。でも松原だと決まった今ならば、もうそんな会場に行く必要もないし、止められたって困らない。

「結婚の予定はないし、もうそういうところにも行きません」

「……そうなの？」

「松原さんを見つけられたし」

「は？」

「令嬢が集まるようなところなら、結婚相手に申し分ない人が見つけられるんじゃないかなぁって。なんの成果も上げられなかったけど」

「……結婚相手、って俺の？」

「他に誰がいるの。侑太はまだいいでしょう」

「まじか……」

隣で一臣は、カウンターに肘をついて頭を抱えだした。

「礼が思った以上に馬鹿な上に、無駄に行動力あってつらい……」

「……やっぱり馬鹿って言った」

「なんだって？」

「いいえ何も」

礼もカクテルを一口。

「でも目的は達成できたから、もう行かない」

「達成？」

「達成でしょ？　松原さんと……」

「……………」

「……松原さんと」

「…………礼？」

改めて言葉にしようとして、心が折れそうになっている自分に気付く。何を今更。短く息を吸って、一臣に体ごと向き直る。

「ご結婚おめでとうございます」

高さのあるチェアに座ったままだったので、礼のお辞儀はとても不格好になった。

「おいおい……」

一臣は礼の肩を摑んで、顔を上げさせようとするが、礼はお辞儀をした姿勢のまま動かない。不思議に思った一臣が様子を窺って、ため息をついた。きっと、一臣のスラックスの上にぽたりと落ちた染みに気が付いたからだ。

「……礼、顔上げて」

細い肩を押して促しても一向に顔を上げようとしない礼に、一臣はもう一度深いため息をついた。そして礼の長く伸びた髪に隠れた頰を両手で挟んで、涙でぼやけた視線を真っ向から捉えてから、耳に唇を寄せて極力声を抑えて言った。

「松原さんとは結婚しない」

「え、は」

「礼が何を見聞きして、そんな勘違いしてるのかは知らないけど」

「でも」

「なんでも自分の計画通りだなんて思うなよ。人の気持ちが、描いた絵の通りに動くわけがない」

「……でも」

「なに」

「会議室で……〝結婚する気ありますよ〟って……」

「……」

聞いてたのか、とぼやくように言うから、やっぱり言ったんじゃないかと礼は不審に思う。すると一臣は目をそらして言った。

「……いや、その話はもう少し酔ってからで」

「え?」

「マスター。ルシアン二つ」

「……レディーキラーカクテル……」

「ん?」

「……ううん、何も」

ルシアンは、松原に教えてもらった女殺しのお酒だ。男に勧められて、飲みやすさに騙されてたくさん飲んでしまったら、あとは男の思惑通り。……もしかして今、お酒ではぐらかされようとしているんだろうか。

それでも、こんな風に二人でお酒を飲んで、一臣にレディーキラーカクテルを勧められる日は、もう来ないものだと思っていたから。

「信じてないだろ、お前」

　そりゃそうだと礼は思った。だって確かに一臣はあの日、結婚する気があると言ったのだ。松原じゃなければ他に誰がいると言うのか。ルシアンがきて、少しぼーっとし始めた頭で、流されないように懸命に意識を繋ぐ。松原と結婚しないと言うのなら、婚活パーティーも含めた自分の今までの苦労は？　やっと魔法使いらしいことができたと思ったのに。

「信じるわけないでしょ」

「じゃあ信じてもらおうか」

「どうやっ……え……？」

　一臣のほうを見るとスマートフォンを耳にあてていた。

「……何してるの？」

　礼の疑問を無視して一臣は席を立ち、もう片方の手で礼の腕を引いて店の入り口まで連れて行く。外に出る瞬間、電話の向こうの相手と話し始めた。

「あ、もしもし。眞野です。遅くにすみません松原さん」

「……なんで松原さんに」

「礼と一緒にいるんですけど、ちょっと誤解が解けなくて。しゃべってもらっていいですか？」

「なっ」

「はい」

「ちょっ……」

　通話中になったスマートフォンをわたわたと受け取りながら、松原との会話中に〝礼〟と呼んだことに動揺する。なに間違えてるの！　と怒る暇もなく、電話の相手に話しかけた。

「……もしもし、松原さん……？」

『あっ、ほんとに潮見に代わったのねあの男！』

　電話の声は間違いなく松原だった。

「松原さん。私、今日松原さんと約束したはずなんですけど……」

『何言ってるのよ。してないわよ約束なんて』

「え？　でもＬＩＮＥで」

『私が送ったのは〝今晩空いてる？〟と〝九時にいつものバーで〟だけよ。確認と指定のみ。私と一緒にとは一言も言ってないわ』

「……」

　ずるい。ずるい大人だ。屁理屈すぎてびっくりした。呆れながら会話をつなぐ。

「……あと、あれですね、スタンプ」

『あ、そうそれ！　あんたなに人の真似してんの？』

「かわいいですよね、あれ」

『絶妙にむかつくでしょ。そこがかわいい』

「松原さん」

『なに？』

「……眞野と結婚しないんですか？」

『…………誤解が解けなくて、ってそれのこと？』

電話の向こうの声は呆れていた。一臣には聞こえていないだろうに、彼は〝ほら〟という顔をして腕を組み、壁にもたれかかっている。

『……あのねぇ潮見。あんたが〝眞野からです〟って言ってメモを渡してきたときから、私たちをくっつけたがってるんだろうなぁとは思ってたけど』

「はい」

『たぶんそれ、最初からうまくいきようがなかったと思う』

「……どうしてか訊いてもいいですか？」

『……どうしてって？　どうしてってそれを私に訊く？　……だめだ、イライラしてきた』

「えっ」

『そんなしょっぱいことはそこにいる男に訊いてちょうだい。正直私はまたこのパターンか！　って感じよ！　好きになる前だったから良かったけど、好みの男宛がわれて、でも好きになったらヤケド確定なんて、なんの罰ゲームかと思ったわ……！』

「ま、松原さん……？」

『初めて飲んだ日からあの男、潮見のことばっかりよ。酔うとすぐ自分の昔話するし、慣れてくると自分の結婚相談まで持ち掛けてくるし……！　結婚する気はあるって言うくせに、悠長なことしてるしね。なんで私が尻叩かなきゃなんないのよって……あぁ腹が立つ！』

「なんか……すみません」

何を言っているんだこの人は……と電話口で礼があわあわしていると、ごほん、と咳払いして松原は仕切りなおした。

『とにかく、私と眞野さんは結婚しません』

「そうなんですね……」

『そう。そんであんたは……。また、落ちついたらそこで飲みましょう』

「……はい」

『じゃあね』

それで通話は切れた。なんだかよくわからないこともたくさん言っていたけれど……ことごとく良い人だ。やっぱり彼女ほどの人はいなかったんじゃないかと思ってしまう。

一臣のほうを見ると、彼は勝ち誇った顔でいた。

「信じた？」

「……信じた、けど」

これで全部、振りだしに戻った。

「……ちょっと酔いが覚めたな。飲みなおそう」

そう言って一臣は、連れだしたときと同じように礼の手首を摑んで店内へと戻っていく。

松原と結婚しないと言うのなら、一体誰が、この人を幸せにしてくれるんだろう。摑まれた腕をじっと見つめながら、礼の気分は沈んでいく。

カウンター席に戻ったら、ルシアンの次はバーボンだった。

「ずっと長い時間一緒にいるのに、二人で飲んだことってないんだよな。意外と」

「同じ部のときは会社で何度か行ったでしょう」

「歓迎会とか打ち上げのこと？　しかもそれ団体で行く居酒屋のことだろ。……大変だったなぁあの時も。全然酔ってないと思って油断してたら、家に帰った瞬間べろべろだし」

「……」

「他の奴に送らせないようにするのも大変だった」

昔の話は、むず痒すぎて聞くに堪えない。聞いていられないから話題を変える。

「……一臣くんは」

「ん？」

「今の仕事、好き？」

アルコールは確実にまわってきていた。話題を変えてみたけれど、その話の行きつく先はまったく予想できていない。ただ純粋に、尋ねてみたかったことが思うままにぽろりと唇からこぼれて、あぁほんとにお酒って怖いな、と思いながら。

「……仕事？　好きだよ」

「ほんとに？」

「なんで。嫌いそうに見える？」

「がむしゃらに頑張ってるような気がするから」

「仕事楽しいときはそうなるもんだろ」

「ほんと？」

「……どうしたんだ。何が訊きたい？」

「だって、選択肢がなかったから」

「……」

「この会社に入るしかなかったから。もし一臣くんに他に行きたかった会社があったとして、でも、あの時私たちには選択肢がなかった」

「……そうだなぁ」

礼と一臣はそれぞれ大学を卒業し、新卒でタイド薬品に入社した。大企業に勤めたかったからじゃない。製薬会社に行きたかったわけじゃない。コネ入社で楽したいなんてとんでもない。ただ恩返しをしなければならなかった。妙がいなくなった後、ずっと生活を援助してくれていた礼の祖父に。

　礼の祖父が会長を務めていたタイド薬品に入社して、社員の一員として利益を出すこと。それを祖父に強要されたわけではないが、大人になるまでに援助してもらった額のことを考えると、普通に会社員として働いて、まともに返済していくことなどできなかったのだ。

「仕事は、楽しいよ」

　一臣はまた一口バーボンを飲んで言葉を続ける。

「最初こそ、医薬品とか興味ないなーって正直思ってたけど。うちの会社、取り扱い商材の幅が広いから。サプリとか健康食品とか。製品企画だったから良かったかも。何が求められてて売れるのかを考えるのは、面白いって思うよ」

「……そっか」

「礼は？」

「私？」

「お前も好きだろ。製品企画」

「……」

「作ってもらった資料見てて思ったよ。すごくよく考えられてるなぁって感心した。それに、好きなんだろうなとも思った。礼の分析資料って視点が独特で、すぐわかる」

「……好き、かなぁ」

「なんで異動したんだ？」

「……」

「……まさかそれも俺のためとか言うなよ」

「……ううん、違う。それはそうじゃない」

そうじゃない。そうじゃないけどその理由は、うまく言えない。……言えないなぁ、と思いながら、ぼんやりした頭でふわふわと言葉を吐き出す。

「いろんなことを我慢してきたでしょう？　私たち」

「それも仕事の話？」

「仕事だけじゃなくて。やりたかった部活とか、勉強したかったこととか。大学も必然的に絞られたし。……すごく我慢してる」

「そんなこと……」

「あるよ。苦しかったでしょ？　だから、侑太には何も言わなかった。結果的に侑太もなぜかうちの会社に来ちゃったけど、侑太だけは自由に選べるようにって、お爺ちゃんのこと話さなかった」

「……侑太は自分で調べて選んだんだよ」

「……え？」

「確かに侑太には言わなかったけど。俺たち二人が同じ会社に行ったなんて、やっぱり違和感があったんだろ。会社のこと調べて、爺さんが会長だって知って、うちに来たんだ」

「……そうだったんだ」

結局誰も彼もままならない人生を送っていることに、その事実に鼻の奥がツンとする。三人であの家に住み続けることを選んだばっかりに、三人はその後の人生を縛られることになって。その選択肢をあの日自分が持ち帰ってしまったことは、正しかっただろうかと、今も疑問と後悔が礼の中には折り重なっている。幸せにしたい、って願っただけなのに。

「……」

「……」

二人で黙ってカクテルを飲む。たぶんこれが最後の一杯だと思って、少しずつ口へ含んでいった。ちらりと腕時計に目をやる。

「……一臣くん、そろそろ」

「店、出る？」

「うん、帰らないと」

「……まさかとは思うけど。まっすぐ家に帰る気じゃないだろうな」

「うん？」

「金曜日だぞ今日」

「え、でも」

家で侑太が待ってる。そう言おうとしたとき、すっと一臣の顔が近付いてきてバーボンが香った。

「今日はホテルとってる」

「…………は?」

「さすがに侑太がいるときに家でするのはよくないよな。俺もこの間ので反省した」

「何言っ……いや。いやいや。行かない行かない」

「だから行くってば。マスターお会計」

マスターはにこりと微笑んで頷く。礼の表情は強張る。

「……行かない!」

「わがまま言うんじゃない。ほら手ぇ貸して」

会計を済ませて一臣は、座席から礼の鞄を取り、もう片方の手で礼の手を繋いで店を後にする。強引な手にひかれながら、礼はアルコールでぐるぐるまわる頭の中で懸命に考えていた。……これ以上は、眞野のお父さんとお母さんに申し開きのしようがない!

「……だめ、やだっ。一臣くん、行かない」

「逃がしませーん。ほらさっさと歩いて。部屋に着くまではちゃんとできるだろ?」

「もうっ……だめなんだってば! 侑太が家で待ってる……」

「いいの。もう良い大人なんだから。侑太だけじゃなくて、全員」

「…………だめだよ」

　そう言って礼は、道の真ん中に座り込む。人通りがなくてよかった。でもそんなことを気にする余裕もほんとはない。いつもは家に帰るまでもつのに、今日はなんだかグダグダで。ぐずる子どものようになってしまった自分が心底格好悪い。

「何が？　何がどうして、そんなにだめなんだ」

　言ってみ、と礼の前にしゃがんで、目線を合わせて訊いてくる。こんな時まで優しい顔に腹が立った。腹が立って、苦しくて死んじゃいそうだ。息も絶え絶えで言葉を絞り出す。

「一臣くんを選べない」

「……そうか」

　一臣は、優しく頷いたかと思うと礼の唇にキスを落とした。突然のことに面食らう。この男は、自分が言ったことをまったく聞いていなかったのか。礼がそう罵倒しそうになると、先に一臣が言葉を紡いでしまう。

「今日はそれでいい」

「……え」

「礼が言うみたいに、俺たちはいっぱい我慢してきたよ。でももう、我慢したくないものもある」

「……それって」

「行こう、潮見さん」

「ちょっ……」

両手を掴まれ立たされる。〝今日はそれでいい〟の意味もわからず、また呼び方が〝潮見さん〟になった意味もわからず、自分を引っ張り上げた一臣を見上げる。彼は困ったように笑った。

「もう触れたいし、触れられたいでしょ」

「……そんな、こと」

「今晩、潮見さんは会社の上司に飲まされて、気付いたらベッドにいるんだよ」

そういうことにしとけ、と言って頭を撫でてきた一臣に、礼が戸惑っていると、彼は笑って、トドメを刺すように耳に唇をくっつけて囁いた。

「いいようにさせて」

9．魔法使いに極上のご褒美

記念日のデートにでも使われそうなホテルのロビーで、礼は、チェックインを済ませる一臣のことを待っていた。松原からの誘いも朝突然のことだったので、礼の格好はいつも通り。ブルーのシャツにベージュのタイトなスカート。場違いな気がしてしまって居心地が悪い。

「お待たせ」

戻ってくると一臣は、ごく自然に礼の手を取ってエレベーターホールへと歩いていく。その間、礼はずっとうつむいていた。一臣に顔を見られたくなかったから。

上昇するガラス張りのエレベーターの中でも黙って、部屋までふかふかの絨毯を歩くときも黙って。そこが最上階だと気付いたとき、口には出さなかったけれど尻込みした。この気合いの入りようは、何！

一つの部屋の前で立ち止まると、一臣はカードキーをドアに差し込んで、解錠。内開きのドアを開けて中へ入るよう促してくる。

「どうぞ」

「……」

上司に酔わされて連れ込まれるのが、ホテルのスイートだなんて聞いたことがない。

「礼」

「……」

「おいで」

いけないと思っていた。駄目だって言ったのが、口ばっかりみたいで嫌だった。だけどこの笑顔をもう拒めない。礼は自分の意志で、部屋に一歩足を踏み入れた。

部屋に入ればそれはもう同意したのと同じこと。一言も言葉を交わさないまま手をひかれて、腰を抱かれたと思うとそっとベッドの上に横たえられた。一臣は機嫌のいい顔で、礼の顔を見つめながらパンプスを片方ずつ脱がしていく。大事な宝物を扱うようなその手つきに、まだ何もされていないうちから恥ずかしさがこみ上げる。たまらず片手で顔を隠そうとするとその手を掴まれた。顔が近付いてきて、上体に重みを感じると同時に甘いキスが降る。

「……眼鏡、邪魔だな」

息継ぎの合間にぽそりとそうつぶやいた。

「……はずしたらいいでしょ」

「俺の手は今忙しい。礼がはずして」

馬鹿だなぁと思いながら両手でそっと眼鏡のつるを持ち上げる。眼鏡を取り払うと、視力が悪いせいで少しだけ目つきが鋭くなった顔と出会う。笑っている。さっきよりほんの少し意地悪になった顔に胸が高鳴った。

「ありがとう」

お礼を言うのと一緒に唇を食まれた。忙しいと言っていた一臣の手は、礼のシャツのボタンを上から順にはずしていく。段々と深くなるキスに目を閉じる。両手に持ったままの眼鏡のやり場に困っていると、一臣が口腔内を舐めながら片手でそれを受け取ってどこかへやった。

朝になれば必ず後悔するとわかっていて。今夜、都合のいい言葉と甘い陶酔に流されていく。

「〝あー、また流されてるー〟って」

「……え？」

シャツを脱がされて、礼がキャミソール一枚の姿になったとき。一臣は自身のシャツのボタンに手をかけながら言った。

「後悔するのが目に見えてる、って顔してる」

「あ……」

そんな白けた顔をしていただろうか。こんなにドキドキしているのに？

そう思った瞬間、ドキドキしているのかと自覚して、よくわからなくなる。

「いろいろ難しく考えてるみたいだけど。たぶん礼は、俺のこと好きになりかけてるよ」

「……」

頬に指を滑らされて、心地よさに目を閉じそうになる。それを密かに我慢して、一臣の目を見つめ返した。確信めいたまなざしに負けることがないように。

「最初に抱こうとした夜、礼は〝気持ちが通じ合った上で抱き合いたいでしょ〟って言ったけど」

――何も起こらなかった夜の話だ。まだ、理性が勝っていた夜の話。

「たぶん、そんな日は来ないと思いながらお前は言ったんだろうけどさ。その次、初めて抱き合ったときには、絶対俺のこと好きになってたと思うんだ」

「自意識過剰だよ」

「触れただけでこんな顔するのに？」

「……」

「かわいいよ。どうしようもなく」

こんな顔って、どんな顔。両手で覆い隠してしまいたいのを、きゅっと自分の手を握って堪えた。ブラのホックをはずされる。キャミソールごと腕と頭から抜かれてしまう。

部屋の薄暗い照明の下で、一臣の輪郭はくっきりと見えた。大きな手のひらが体中をまさぐって、礼の緊張した体を緩ませていく。言葉はまるで暗示のように響く。

「好きなんだろう、俺のことが」

いつの間にか〝たぶん〟でも〝好きになりかけている〟でもなくなっていて、最初から確信してたくせにとやっぱり腹が立つ。胸の先を吸いながら、愉しそうに笑って言うから、余計に。

「あ、ん……」

参ってしまう。

「好きって言え」

「っん……好きじゃ、ない……。好きだけど、そういうのじゃない」

「嘘だ」

「嘘じゃないよ」

「本当に？　……あんなに感じといて？」

「…………そういう欲と恋は別でしょう」

「ふーん……」

「あっ」

急に両脚を抱えあげられて高い声が出る。スカートとストッキングを脱がされて心もとない下肢は、一臣の肩へとかけられる。

「……下ろして」

「好きじゃないのにこんなに濡らしてるの？」

「やっ……！」

抱え上げた脚の腿に口付けて、一臣の言葉は止まらない。痕が残りそうなほどきつく吸い付くから、唇が触れた箇所からびりびりと痺れる。触れられていない場所までもが甘く疼き出した。

「恋じゃないけど、体の相性はよかった？　だったらセフレになるか」

「っ……」

「……好きじゃないなら、傷ついた顔するな」

恋だろ、と。さっきから何度も繰り返している一臣が、また正解をつぶやく。

傷ついていないなんて強がりも言えない。麻友香にバレているとわかったときは、セフレって言うしかない、と自分でも考えていたくせに。一臣の口からその言葉が出てきて今、じんわりと目の奥が熱くなった。おびきだされた涙は、勝手に本音を語ってしまうのだ。

「……侑太のことも大事に思ってる」

「わかってるよ」

それでも俺のことが好きなんだよな、と。腿に頬ずりしながらしつこいほどに訊いてくる。その瞳に、負ける。

好きとは言わずに小さく頷いた。抱えられていた脚が下ろされたかと思うと、胸にぽすっと一臣が落ちてくる。なんだなんだと手のやり場に困っていると、くぐもった小さな声が聞こえた。

「……よかった」

……あんなに自信満々に訊いておいて。

そっと頭に触れ、さらっとした髪を遊ぶ。自分より少しだけ年上なこの人の、かわいくて弱い部分に触れるように、優しく。しばらくそうしていると、一臣はがばっと起き上がった。

「……え？」

驚いた声を出した礼にも構わず一臣は、よいしょとまた礼の脚を抱え上げて自分のモノを挿れようとした。

「えっ……今までの良い雰囲気はどこに……？」

「いや、よかった……。わかってたけどな。わかってたけどもし、万に一つでも本当に好きじゃなかったとしたら……初めてをもらってしまったのが、申し訳なさすぎて」

「…………ええ!?」

変な声が出た。

「なっ、なんっ……どういう……えぇっ」

「動揺しすぎだろ」

一臣の言う通り、ここ数年で一番の動揺を見せている。……でも、だって、まさか！

なぜ処女がバレた！

「なんでバレたんだ、って顔してるけど」

「！」

「わかるぞ普通、あんな必死で耐えてる顔してたら」

「……っ！」

バツが悪いでは済まない。唇が震えるだけで言葉も出てこない。気不味い。気不味すぎる消えたい。一臣はそんな礼を見ながら目を細めて笑った。これから繋がろうという体勢なのに、ムードも何もない。なぜ。

「人の童貞を散々馬鹿にしておいて」

「……ごめんなさい」

「騙せてると思ってたことにもむかつくよなぁ」

「……ごめんってば！」

「許さない」

「え、嘘……やっ……あぁんッ！」

本当になんのムードもないまま挿れられてしまって、受け入れながら礼は必死で声を殺す。こんなはずじゃなかったのにと心の中で嘆いていると、一臣が抑えた声で囁いた。

「……ちょうどそんな感じ」

「んっ……なにが……」

「最初にしたとき、痛いくせに絶対に泣かないように我慢してただろ。……その顔にめちゃくちゃ興奮した」

「っ」

「愛してるよ」

え。

「……待って、ちゃんと、言っ……あぁっ！」

ものすごい流れで大事なことをさらっと言われて、訊き返す間もなく律動が始まった。もう一度訊こうとしても激しくされるばかりで、言葉の代わりに腰を打ち付けられる。

「あっ、あ……！」

礼の両脚を抱え上げる一臣が、欲情しきった目で礼を見下ろしながら、欲望のままに腰を打ち付けてくる。そのたびに礼の体は跳ねて、たわわな乳房がぶるっと揺れる。

「一臣く、や、待っ……激しっ……！」

「はっ、あぁ……いいよ、もっと声出して。ん……家じゃないんだから、礼……もっと乱れて」

「あ、んんっ……！」

ずんっ、ずんっ、と一定の間隔で重たい衝撃を何度も食らう。それは子宮にまで届いて礼の体を甘く痺れさせ、視界をチカチカと白ませた。繋がったまま、はぁッ、と息を荒げた一臣の顔がすぐそばまで寄ってきて、貪るようなキスをする。無遠慮に舌を差し込まれて口を開けたら最後、すべてを奪い取るように、一臣は奥まで舌を伸ばして口の中を舐めあげた。

「ん、ぐ……んンっ……んーっ……」

唾液を飲まされて。体も、口の中も蹂躙されて。それでもまだ、一臣の目に宿る欲情は消えない。

「っは……礼ッ……もっと」

「あ……」

「俺のせいで、もっとやらしくなって。もっと……俺のこと、欲しがってくれっ……」

俺はずっと欲しかったんだ、と。興奮の熱を帯びた声が吐息交じりに囁く。礼はたまらずぎゅっと一臣の背中を抱いた。まだ体を繋げるのは三回目で、不慣れで。どうするのが正解かもわからずにただしがみついた。こんなだから処女だとバレてしまったんだ。けれど、すぐにどうでもよくなっていった。快楽で。

「……礼」

顔を覗かれて、なんと言えばいいのかわからなくて。

たった一つだけ頭に浮かんでいた欲望を、そのまま口にした。

「めちゃくちゃにして」

「……」

「……ずぶずぶに、離れられなくして」

「……了解」

「あ」

それはどうして出てきた言葉だったのか。

承服した一臣は、また礼の脚を高く抱え上げた。

「あっ……あ、嫌ぁっ！　いちおみくっ……奥、そんなっ……グリグリしちゃっ……あぁっ！」

「はっ……あぁ、礼っ……礼っ……！」

ずぶずぶに、離れられなくなんてなってしまったら。礼はもう、一臣を幸せにしてくれる女の人を探せなくなってしまう。それなのに。

「いいよ、お前のナカっ……最高……っ」

「うんっ……んんっ……わたしもっ」

「……わたしも、何？」

「イイっ、すごく、イっ……気持ちいいっ……！」

「……うん。……っ、くそ、も、出そうだ……」

「あっ、あぁん……！」

　愛液を垂れ流す結合部は、ぐちゅっ、ぶちゅっと空気を含んで、はしたない音をたてて白く泡立っていた。絶頂がもう近い。礼の上で激しく腰を振っていた一臣の体が、ぶるりと震えた。

「あ……っ、イクっ……イクっ、あぁっ……！」

「っ」

　ビクン！　と礼も同時に達し、意識が白濁した。ぼんやりとした感覚のなか、自分の上でなかなか震えが止まらず、精を吐き出し続ける一臣をぎゅっと抱きしめていた。


「……礼」

「……なに？」

　一回戦を終えたところで、ぐったりと疲れた体を横になって休めていた。時刻は間もなく深夜零時になろうとしている。衣服を何も身に纏わず礼は、同じく何も纏っていない一臣に脚を絡められ、後ろから抱きしめられて。衣服の代わりにシーツにくるまって、二人でうつらうつらとしていた。

「もしかして侑太のこと考えてる?」

「……」

「傷つくなぁ」

「だってそんな、簡単には」

「侑太は大丈夫だよ」

「……そうかな」

「今朝、話つけてきてるから」

「……話?」

「うん」

なんのことを言っているんだろう。不思議に思った礼が後ろを振り返ると、思ったよりすぐ近くに一臣の顔があった。少し眠そうな顔が、溶けるように笑う。

「誕生日おめでとう、礼」

「誕生日? ……私の?」

「二十八歳の」

「………………まさかそれでスイート」

「当たり前だ。そうじゃなきゃこんな奮発しない」

「びっくりした。そっか、誕生日……」

「本人も忘れてるような誕生日を、俺たち兄弟は取り合ったわけだな……」

「侑太とした話っていうのは」

「今日の夜の礼は俺にくれっていう話」

「っ、そんな恥ずかしいこと話したの？」

今朝、礼が気まずさで逃げ出した朝の食卓で、まさかそんなやり取りがあったとは。二人は自分がいないとき、どんな風に会話をするのか。今でも礼はよく知らない。

「構わないって言ってくれたよ、あいつ」

「……」

「死ねって言われたけど」

「……それ全然駄目なんじゃ」

「侑太はもうわかってる」

「……」

「そんな風に、重荷にしてほしいなんて思ってない」

ゆっくりと頭を撫でられながら、それはそうなんだろうなと思い出す。夜の応接室で侑太は、一臣を好きだと認めてしまえと、礼にそう言った。

「……そうなのかな」

うん、と返事した一臣の目は、もう閉じている。

「ちょっと眠って、朝になったらさ。一旦家に帰ろう」

「うん」

「そしたら、一緒に来てほしいところがあるんだ」

「……うん？」

どこに？　と訊くと、一臣はまどろみながら笑った。教えてくれる気はないらしい。

「……その前にもう一回する？」

すり、と誘うように擦れた脚にいやらしい気分になる。ついさっきまでの情交が、目に耳に肌に思い出されて甘い息が漏れた。

「そんな眠そうな顔して……」

「……まぁ、さすがに。昨日は」

「園崎さんが帰るときには、資料まとめ終わってたんでしょう？」

「うん、それは終わってたんだけど……」

「……何かしてたの？」

「いろいろだよ」

そうはぐらかして一臣は、さっき散々口付けた礼の首筋にまた唇を落とした。

朝。礼が目を覚ますと一臣はもう起きていて、昨日のワイシャツをしっかりと着てコーヒーを飲んでいた。

「礼もコーヒーでいい？」

こくりと頷いて枕に顔を埋めながら、コーヒーを淹れに立つ一臣をこっそりと見つめる。本当に、彼の体はどうなっているんだろう。あんなに〝眠たい〟と言っていたくせに。結局あの後も抱き合って、眠りに落ちたのは深夜だったというのに。睡眠不足なんて少しも感じさせずにすっきりとした顔でいる。

対して朝に弱い礼は、まだベッドの上でぼーっとしていた。なんとか上体を起こす。

「寝癖が大変だ」

「うん……」

「いや、うんじゃなくて。早く起きて。家に帰って着替えたら、すぐ出かけないといけないんだ」

「だから……どこに行くのよ……」

半分まだ眠っている意識の、もう半分で返事をする。一臣が行き先を教えてくれることはなかった。なかなか動きださない礼は一臣に悪戯をされながら、なんとか服を着て。二人はホテルの部屋を出た。

いつも会社に向かう時間帯。今日は朝の透き通った空気を胸にいっぱい吸い込みながら、坂道を上る。いつもなら朝は下るはずの道を逆行するのは、とても違和感があった。土曜日の朝だというのに意外と人通りがある。車で出かけていく一家や、マラソンをする老人。すれ違う人たちは、休日にスーツとオフィスカジュアルの姿でいる自分たちのことを、どんな風に思うだろうか。この格好で朝に帰宅することは、なんだかいけないことをしているような気になって。礼はうつむいて歩く。二人は言葉少なに黙々と坂道を上った。

家の前に着いたとき、礼は一人深呼吸をした。

「なに、緊張してんの？」

「気にしないで」

「大丈夫だって言ってるのに」

そう言って一臣はすたすたと庭を抜けて、取り出した鍵でなんの躊躇もなく玄関の錠を開ける。

「ただいま」

一臣の後ろにそろりとついて、礼も言う。

「……ただいま戻りました」

「声が小さいんじゃないかな礼ちゃん」

玄関には侑太が、腕を組んで壁にもたれ、すこぶる機嫌の悪そうな顔で待ち構えていた。

「……」

「朝帰りなんていい度胸してるよね」

気不味さで嫌な汗がダラダラと出てくる。

……大丈夫って言ったじゃん！　めちゃくちゃ怒ってるんですけど！　と心の中で文句を言って一臣を見ても、当の本人はさっさと靴を脱いで部屋の奥へ行ってしまう。

「先に着替えてるぞー」

「……」

薄情すぎてびっくりする。ここに一臣が残ったとして、事態は何も好転しそうにないけれど、それでも。

観念して侑太に向き直ると、無表情は明らかにむっとしている。うつむいたら駄目だ。なんとかまっすぐ見つめ返すと、侑太はため息をついた。

「……楽しかった？」

「……うん」

「まぁ腹立つから詳しく訊かないけど。誕生日おめでとう、礼ちゃん」

「……ありがとう」

「……」

「……」

玄関で二人は、立ったまま沈黙する。何を話せばいいのかわからなくて、よそ見をしたり、侑太の顔を窺ったりしていると、ふとあることに気付いた。

「……侑太」

「ん？」

不機嫌そうな目が少しだけ赤い。

「もしかして泣いた？」

「は？　泣くわけないだろ良い大人が」

「……」

良い大人が精一杯強がっていて、おかしいし、でもそんな顔を見てしまうと、やっぱり罪悪感があるし。どうしたものかなぁと思いながら礼は、自分のシャツの裾でぐしぐしと侑太の目元を拭った。

「ばっ……やめっ……やめろ！」

「イケメンらしいのに台無しだよ」

「……らしいって、〝私は思ってないけど〟みたいな」

「思ってないもん」

「……」

「でも、格好いいと思ってるよ」

「……誰よりも？」

もうわかっているという顔で、困ったように笑って訊いてくるから。礼はちゃんと答えなければと思って、侑太と同じ顔でこう返した。

「ううん、一臣くんの次に」

礼ちゃんは男を見る目がないねと言われて、私もそう思う、と返す。ちゃんと一兄には言ったのと訊かれて、あれ？　と首を傾げた。……言ってない？

「礼！　急いで」

着替えを済ませたらしい一臣の声が廊下から玄関に響く。行かなきゃ、と声のほうを向いたときに侑太が言った。

「礼ちゃんはなんでもすぐ秘密にしたがるけど」

「……うん」

「いろんな秘密で、守ってきてくれたのも知ってるけどさ。打ち明けることも覚えてよ。そのほうが幸せになれるときもある」

「……」

「なに。言いたいことあるなら言って」

「ううん。……手貸して、侑太」

妙を亡くしたあの日に握ってもらった手を、そっと包み込む。自分よりも小さかったはずなのに、とっくに大きくなっていて。ずっとこの手に守られてきた。

「ありがとう」

「……礼ちゃん」

「礼！」

部屋の奥から痺れを切らした一臣の声がする。

「……一兄うるせぇ！　今いいとこなんだから邪魔すんな！」

「いいとこってなんだ！　何してんだお前ら！」

「……」

家がこんなに騒がしいのは久しぶりだ。苦笑し合って礼と侑太は、そっとお互いの手を離した。

一臣に早く着替えてくるよう言われて、そのときに〝かっちり目のワンピース〟と指定が入った。そう言う彼は着替えると言っていたのにまたスーツ姿で、一体どこへ連れて行かれるのか不安が募る。

かっちり目のワンピース……とクローゼットの中を探してみると、ふさわしいものがいくつかあった。まったく功を奏さなかった婚活パーティーのための衣装が数着。中でも一番上品で気に入っている一着を取り出す。紺色の、前ボタンでスカートがフレアになっているワンピース。ウエストのリボンをきゅっと前で結ぶと全体が締まって、すっと背筋が伸びる。服装に合わせて金色の髪留めを選び、髪は横流しではなくハーフアップにした。

支度を終えて一臣の前に姿を現すと、ばっちりだと合格をもらう。

「ねぇ、どこに行くのかいい加減に……」

「最初はあっち」

「え？」

一臣が指さしたのは、廊下を抜けてずっと奥にある和室。二つの仏壇がある部屋だ。一臣の後に続いて部屋の中に入る。和室に足を踏み入れるなり彼は、まず大きいほうの仏壇に手を合わせた。一臣と侑太の両親が祀られている仏壇。なぜここに来たのか理由を告げられないまま、しかし一人突っ立っているのも居心地が悪くて、礼もそこに正座して手を合わせる。

昨日の朝にも手を合わせて、〝絶対に幸せにします〟と誓ったところだ。それなのに松原との結婚も実現しなくて、今はなんのアテもない。正直、ここにいることすらつらい。一臣はしばらく黙って手を合わせていたかと思うと目を開けた。今度は小さいほうの、昔、三人で作った手製の仏壇に手を合わせる。

「……」

さすがに妙には、怒鳴られてしまいそうで。手を合わせる一臣を静かに見つめていると、

「礼も」と低い声が促した。一瞬だけ躊躇して、仕方なく一臣の隣に座って静かに手を合わせる。

　召し使いもうまくできなかったのに、魔法使いをまっとうすることもできなかった。写真の中の妙は叱ってくれることもせず、ただ余裕のある笑みを浮かべている。

「よし」

　一臣の声にふと彼のほうを向くと、すっきりとした横顔が目に入る。長い時間手を合わせて、彼はみんなに何を伝えたのか。きっと訊いても教えてくれないだろう。

　正座したまま礼のほうを見て、一臣は言った。

「失ったものはもう二度と戻ってこないし、今まで諦めてきたことも、もう手に入ることはないんだと思う」

「……うん」

「でも、他の何を奪われても絶対に諦めたくないと思うものが、不思議とまだあって」

「……」

「どれだけ時間がかかっても、どんな手段を使ってでも、いつか絶対に手に入れたい、って思ってた」

　協力してくれるか、と一臣は、畳にだらんと手のひらを差し出した。

　具体的にそれが何を指すのか、正直礼にはよくわからなかった。だけど一臣が諦めたくないと、手に入れたいと言うのなら、協力しないはずがない。なんだって差し出せる。礼は迷わずその手を取った。その手は不器用ながら、ずっときつく礼の手を握っていてくれた手だった。

「行こうか」

「……どこへ？」

一臣はおどけて答える。

「ラスボスのところだよ」

ラスボスのところへ行くんだとだけ告げられて、一臣が進むままについていった。一体誰のことを言っているのか、最初はさっぱりわからなかったけれど。歩いているうちに見当がついた。駅から電車に乗って、乗り換えて十数分。降りた駅のことを礼は知っていたし、そこからの道順にも覚えがある。

「……何をしに行くの？」

「そんな心配そうな顔しなくても。悪い話じゃない」

そうは言っても相手が悪い。一臣の後ろを歩きながら、礼の気分はどんどん沈んでいく。

「……もしかして私を連れてきたのは」

「俺一人で行っても玄関開けてくれなさそうだし」

「会わないほうがいいと思うけど……」

「そういうわけにはいかないんだよ。ほらもう着く」

頼んだよ潮見さん、とわざとらしく微笑む。部下に仕事を振るときの眞野主任の笑い方。眞野の家より大きい家の外門。インターフォンの前で礼は深呼吸して、最後にもう一度だけ確認するように一臣を見る。

「大丈夫」

一体何が大丈夫だと言うんだろう。さっぱりわからないまま、礼は思い切って〝潮見〟の表札がかかる家のインターフォンを押した。


「どのツラさげてきた」

ただっ広い和室にぴりりと緊張が走る。断罪することに慣れたような容赦のない響きは、相対した人間が意見することを許さない。礼の祖父であり、タイド薬品の現会長である潮見儀一(ぎいち)はそんな声の持ち主だ。礼はもう、昔からのことなので慣れている。しかしほとんど会ったことのない一臣は……と思いちらりと隣を窺うと、いつも通りに人当たりよく微笑んでいた。

「お訪ねするって言ったでしょう?　秘書の方を通してアポもとったはずです」

「知らんな」

「まぁ、入れていただけたのでどちらでも構いませんが」

「……」

どう考えても、そんな口を利ける空気ではないと思うのだが……。礼がハラハラしてしまうほど、飄々とした口調で話す一臣。自分たちが大人になってきたのと同じ分、歳を重ねている儀一の顔には皺が深く刻まれている。齢八十歳を過ぎるその体は昔よりも痩せて見えるが、眼光は鋭く冴えわたっていた。

一臣はここまで乗り込んできて何を話そうというのか。やはり今の職に不満があるのか。それとも家のこと？　もしくは受けてきた援助のこと？　……妙のこと？　彼の口から何が飛び出してくるのか、予想がつかずにそわそわする。畳に胡坐をかく儀一から少し距離を置いて、正面に正座する一臣と礼。それはまるで子どもが叱られるときのような構図だった。

この状況は一体？

「単刀直入に言いますね」

既にだいぶ腹を立てている儀一に向かって、一臣はまったく悪びれることなく、明瞭な声で言った。

「お孫さんを僕にください」

「……は」

今なんて言った？

一臣の隣で、礼は大きく目を見開く。一臣は言葉を放ったあと、ぴくりとも動かず、口を閉じて凛々しく儀一の目を見つめている。そんな話……聞かされてない！

プロポーズをされた覚えもないし、つい昨日松原との結婚が反故になったとわかったばかりで、今、また一から相手を探さなければと思っていた、この時に。こんな展開を予想していなかった礼は、着てきたワンピースのそれらしさが急に恥ずかしく思えてきた。スーツとワンピース。本当に結婚の許しを得にきたみたいだ。みたいというか……それが目的？

「な、に……何言って……」

混乱と同時に急激に頬が熱くなっていく。まっすぐ儀一を見つめている一臣に〝こっちを向け〟と思った。その言葉は本気なのか。一体今何を考えているのか。こっちを向け。

──そう念じていながら気付いた。一臣の瞳に混じる少しの恐れ。一臣は儀一の、次の言葉を待っている。

「やるわけがないだろう」

儀一の地を這うような低い声は一臣の言葉を一蹴した。

「お前は儂から妻を奪っておいて、孫まで持っていくつもりなのか？」

「……」

あぁ、と礼は、一瞬前まで熱をあげていた自分の軽率さが嫌になる。もし一臣が本気で礼との結婚を考えたとして、それを儀一が許すはずがない。

妙はその昔、両親を亡くした眞野兄弟の世話をするために潮見の家と離縁している。だから妙は、礼に自分のことを〝おばあちゃん〟ではなく〝妙さん〟と呼ぶように躾けた。

二十年近く前から儀一は、一臣と侑太を目の敵にしているのに。結婚なんて許すわけがなかった。

「思い出しても胸糞の悪い話だよ」

儀一は自嘲気味に鼻をふんと鳴らして、語りだす。

「妙が、外に働きに出たいと言い出したのが始まりだ。どこぞの家の家政婦になったと嬉しそうに話していた。それだけなら別に良かったさ。なのに急にその家の夫婦が死んで、子ども二人が家に残されてるって言うじゃないか」

「……」

「不運だとは思ったが所詮他人だ。知ったことじゃないし、助ける義理もない。……それをあいつは、〝二人は自分が育てる〟と抜かしおって」

「……」

　黙って儀一の話にじっと耳を傾ける。それはこの家に来る度に、何度となく聞いてきた話だ。一臣と侑太に伝えたことはない。でも妙があれだけ家にいたことを思えば、予想がついてしまう話かもしれない。妙はすべてを捨てて眞野の家に来た。

「当然そんなことは許さなかった。だけど妙は終いに〝あの子たちと暮らす〟と言いだした。その上、生活を維持するだけの金を出してほしいと。……そんな話があるか？　他所の家に感情移入しすぎて、頭がおかしくなっているんだと思ったよ。あまりに聞きわけがないから、どうしてもと言うなら家を出て行けと言った。金はくれてやるから離縁しろとな。……そしたらその日のうちに出て行った」

　信じられるか？　と繰り返す儀一の声が痛かった。

「……妙さんの最後の時間を奪ってしまったことは、本当に申し訳なかったと思っています。それだけはきっと、何をしたところでお返しできるものではありません」

「誰が返せと言った。ただ胸糞が悪いと言っているんだ。お前たち兄弟が目障りなように、自分勝手に出て行ったあいつのことなど俺は……」

「会長は妙さんを愛していますよね」

「…………なんだと？」

　ぎろりと儀一が凄むと、部屋の空気がじっとりと濃くなる。息苦しさに礼は小さく息を吐き出した。一臣は構うことなく言葉を続ける。

「そうじゃなければ、離れていこうとする妻に金なんて渡さないでしょう。だって渡さなければ、妙さんはうちの家には来れなかったかもしれない。出て行ってしまうってわかってたんでしょう？　……愛していたから、あなたは妙さんのわがままを叶えたんですよね」

「……」

それは礼もずっと感じていた。儀一は、もう何年も妙の話を繰り返しては、忌々しいと毒を吐いた。何年たっても吐かれ続ける毒が、愛だと気付くのにそう時間はかからなかった。

「そんな綺麗な気持ちに甘えて、俺たち兄弟はのうのうと生きてきました。夫婦の愛情の上に胡坐をかいて大人になってしまった。だから、本当はこんなことお願いできる立場じゃないというのも、わかっています」

「……それならなんでここに来た」

「諦めきれないからです」

「……」

「彼女を、諦めきれないから」

二人はお互いに視線をはずすことなく対峙する。礼は苦しくて、会話を聞いていられなかった。耳を塞いで逃げてしまいたい。この部屋から。分不相応な役回りから。ここは魔法使いの立ち位置じゃない。諦める云々の前に、欲しがられる自分じゃない。

「ガキは欲しがるばかりだな」

儀一は多分に皮肉を込めた声で言う。

「あれが欲しいこれが欲しいと言えば、それで手に入るのか。金に家政婦に今度は女？　不遇な環境で育ったわりには、えらく考えが甘いんだな。反吐が出る」

「何も返さないとは言っていません」

「自分に返せるものがあると思うのか。金すら、そのまま会社員で人生を終えれば、返しきれずにくたばる額だぞ」

無理だ。儀一は決して納得しない。

礼は一臣に、もう帰ろうと言おうとした。自分のことを諦めたくないと強く言ってくれることに胸は打たれても、できないことの見極めは必要だ。前を向いたままの一臣のスーツの裾を摑む。すると儀一から視線をはずして一臣は、笑ったのだ。

え？　と思っている間に、彼はまた儀一に向き直った。

「妙さんの時間は、どうしても返すことができません。大人になるまで援助していただいたお金も、あの家を維持してきた分を考えると、自分の収入で返すことは叶わない。……だから、その分は仕事で返すと決めました」

一臣は正座していた場所から立ち上がって、儀一の前へと歩いていく。それを礼はただ見ていた。一臣は鞄から取り出した紙の束を儀一に手渡す。

（……あれ？）

儀一が不審な目をしながら受け取ったそれは、礼にとって見覚えのある……というか、作った覚えのある、一臣が企画を手がけた健康食品の売り上げ予測資料。

それがなぜここに？

「先月発売で、今期の売り上げ見込みは年商五十億。うちの……あなたの会社の主な売り上げの一部を、これから担う製品です」

「……あぁ。お前の発案らしいな。でも、だからなんだ。全部お前の手柄か？」

値踏みするような儀一の目を真っ向から受けて、一臣は話し続ける。

「自分だけの功績じゃないというのも、わかっています。五十億という数字も見込みであって実績値ではない。……俺にできることをがむしゃらにやって、これが精一杯でした。社内、社外問わずいろんな人の力を借りて、アイデアを形にしてなんとか五十億。返せるものといったらこんなことくらいで、これからも、これ以上の利益を頭使って作っていきます、としか、俺には言えません。でも何度でも言います。礼さんを僕にください」

「彼女だけはどうしても欲しい」

言い切った一臣と儀一はしばらくの間沈黙した。そして、儀一がゆっくりと口を開いた。

「……孫は物じゃないんだが」

「失礼しました。礼さんとの結婚を、どうか許してください」

言い直されて今度こそ、儀一は諦めのため息をつく。こんな祖父を、礼は今まで見たことがない。こんな風に誰かに、言いくるめられようとしているところは。

「……血も繋がってないくせに。絶対に折れそうにない目があいつそっくりだな」

「だいぶ強(したた)かに育てられた自覚はあります」

「うるさい」

きっと妙にも、こうやって認めさせられたのだろう。手放したくなかったのに手放すしかなかった彼が、本当は一番不幸だったのかもしれない。

「気に入らない……。本当にいけ好かない男だよお前は。ずっとこうすることを考えてたのか？　少し前の販売検討会のときもお前は、販売会社の人間じゃなくて俺の目ばかり見てきたな」

「一番納得してほしい人に向けてプレゼンしただけですよ」

二人のそのやり取りに、礼は思い出す。三月の終わり。新製品の販売プレゼンの日に、二人きりの会議室で一臣が言ったこと。

〝実は今日、結構重ためのプレゼンなんだ〟

〝キスしてくれたら、プレゼンうまくいくかも〟

……あの時、一臣は本当に緊張していた？　自分でもどうして言われるがままにキスをしたのか、礼はよくわからなかった。ただあの場は、なんとなくそうしなければいけない気がして。そうしたくなって。――あの時。一臣はもう既に、今日のことを考えていた？

「売上予測資料なんか出してきよって……結果が出るまでもう一年もないだろう。あと八ヵ月くらい、待てなかったのか」

呆れるように不満をこぼした儀一に、一臣は小さくぼやいた。

「本当はそのつもりだったんですけどね……。誰かさんが婚活パーティーなんて行ったりしなけりゃ、俺もこんなに急いだりは」

……ん？

「それはそうとして。最近、夢に妙さんが出てくるんですよ」

「……あいつが？」

流されたが今、何か聞こえたような。礼が口を挟む間もなく、儀一が言葉を続けた。

「あいつ……何か話すのか」

「〝あれほど手を出すなと言ったのに〟って罵倒されました」

「……おい、どういうことだガキ」

「……」

それは儀一の前で言わないでほしかった……。

一気に怒りのボルテージを上げている祖父。その傍らにいた礼は、途端に怖くなる。仏壇に手を合わせることもためらわれるくらい、今は妙に対して後ろめたい。何一つ遂げられていない自分はきっと、怒られてしまうに決まっているから。一臣から妙の言葉を聞くのは怖かった。妙こそ、一臣と結婚するのが礼だなんて許すはずがない。膝の上でぎゅっと両手を握る。

一臣は言葉を続けた。

「散々罵倒して、でもその後に……〝いつになったら礼をもらってくれるんですか〟って。〝責任とりなさい〟って」

「……」

一臣の声が、妙のものらしき言葉をなぞる。

「〝ちゃっちゃと持っていってほしいんですよ〟って、言うんです」

「……妙さんが？」

「うん」

「……本当に？」

俄(にわか)には信じがたい。だけど一臣にそう笑いかける妙を、想像できてしまう。

本当にいいのだろうか。

自分は、一臣と一緒になっても。許されるのだろうか。

許されるって、誰に？

——誰もそれを、いけないとは言っていなかったのに。

「都合のいい夢を見ただけじゃないのか」

「そうかもしれません。でもずっと夢に出てきて尻叩いてくるのって、妙さんらしいでしょ？」

一臣のその言葉に、儀一の纏う空気はほんの少し柔らかくなった。家族にしかわからないような変化。儀一が口を開く。

「まぁ、違いないな。……おい、礼」

「っ、はい」

急に自分の名前を呼ばれて、びくりと背筋を伸ばす。儀一は厳しい目つきのまま、礼に問う。

「お前はこの男が好きか」

その言葉にどきりとして、つい一臣のほうを見た。きょとんとした一臣と目が合って、余計に恥ずかしいだけだった。ためらいながら礼は、恐る恐る頷く。

「そうか……。一臣」

「……はい」

一臣って呼んだ。

突然呼ばれた下の名に、礼以上に一臣が驚いている。呼んだ声は変わらず厳しかったけれど、それは自分の家族のことを呼ぶように、ずっと昔からそう呼んでいたみたいに。

「礼はな……妙が死んだとき、滅茶苦茶しようとしたんだ。制服姿で歓楽街に突っ立ってな。泣いてるのかと思ったらつんと無表情で、何と闘ってるのかよくわからん目でいた」

言われて礼は気不味さに駆られたが、恥ずかしいのでそれを外には出さず、澄ました顔でいる。儀一に見つけられてあの時、ものすごく怒られたのだ。それはもう、一生分と言ってもいいほど。あの時、礼は儀一に叱られて、救われた。それについても心の底から感謝している。

思い出してツンと鼻の奥が痛くなりながら、礼は儀一と一臣のやり取りを見守る。

「馬鹿なことしないでウチに来ればいいって言ってやったら、なんて言ったと思う？　この馬鹿孫娘は」

「……なんて言ったんです？」

「〝絶対に行かない〟の一点張りだ」

「……」

「〝帰らなきゃ〟って言うんだ。それまで一人で〝何も怖くない〟って顔で立ってたくせに、急に泣き出して〝帰らなきゃ〟って。……またお前ら兄弟にとられるのかと思った。でも、それまで人形みたいに何も主張しなかった礼が、そう言ったんだ。俺はもうお前らに干渉するのはまっぴらだったのに……事情が変わった。俺は孫に、弱いんだよ」

「……なんとなくわかっていました。だからずっと、俺たちを三人で住まわせてくれていたんですよね。それには本当に、心の底から感謝しています」

　隣で一臣が深々と頭を下げるのを見て、礼は慌てて自分も頭を下げる。でも下を向いていると涙がこぼれそうで、ずずっと鼻をすすって堪えた。礼はきっと今日のことを忘れないだろう。

　頭上から儀一の声がする。

「だから一臣、お前は」

「はい」

「三度もくれてやるんだから、絶対に離すなよ」

「……」

「目的のためになりふり構わない、何をしでかすかもよくわからんような孫だが、お前。

ちゃんと捕まえて、絶対に不幸にするな」

一臣は顔を上げて、真面目な顔で大きく頷いた。

「誓います」


「……聞いてなかったんですけど」

「言ってないからな」

「誰よりも先に私に言うべきでは？」

「言ったって絶対素直に頷かなかったくせに」

「……」

潮見の家からの帰り道を、二人は微妙な距離感で歩く。

「どうせお前は、お爺ちゃんが許してくれないとか、妙さんがとか、俺の幸せがどうとか言って聞かなかっただろ」

「……」

「じゃあもう全部クリアにしてから挑むしかないじゃないか」

言いながら一臣は礼の手を取って繋いだ。しばらくして、顔を覗きこんでくる。

「……なに照れてんの」

「照れてません」

「結婚って聞いてさすがにびっくりしてる？」

「さほどです。大丈夫です照れてません。問題ありません」

「……そーですか」

相変わらずですねぇ、と呆れたようにため息をついて。それでも一臣の横顔は、どこか満たされている。

「……」

そんな顔を見ていたら、胸がきゅっと絞られた。同時に浮かんでくる気がかりなことは、あとたった一つだけ。昨夜は一臣に、〝俺のことが好きだろう〟と詰め寄られて頷いた。今日は儀一に、〝この男が好きか〟と訊かれて頷いた。

礼は、一臣に。まだ一度も自分の言葉で伝えていない。

「一臣くん」

魔法使い失格だった。何一つうまくできなかった。それでも今、声に出すだけで彼を幸せにできる言葉があるなら。打ち明けるだけで、彼を笑顔にできる真相があるとしたら。

〝なんら問題ありません〟なんて、澄ました顔をしている場合じゃない。

「なに？」

一臣は手を繋いだまま礼を振り返った。柔らかな目を見つめて言う。

「好き」

「……なんで急にデレた。うん、知ってるよ」

「ううん、知らないと思う」

「え？」

「一臣くんは知らないと思う。私まだ、言ってないことがある」

「……なに？」

気付けばどちらからともなく立ち止まっていた。土曜日の昼下がり。微かに夏の匂いがする六月の風に煽られて、ワンピースは揺れる。一臣のサラサラの髪も、揺れる。

「初めてエッチしたときに、好きって気付いたわけじゃない」

「……おい、外でそういうこと言うのは」

「ずっと好きだったの」

「……」

「いつからかなんてもうわからないくらい、ずっと昔から私、一臣くんのことが好きだったんだよ」

「……」

打ち明けて、一臣の顔を見て思う。今なら松原の言っていたことがよくわかる。

〝この歳になって、よくあんな真っ直ぐに好きって言えたもんだって、自分に拍手を送りたいくらい〟

いっぱいいっぱいな礼の顔を見ながら、一臣が口を開く。その唇が開くのを、礼はスローモーションで見ていた。

「――ごめん、礼」

「え」

「知ってた」

そう言って彼は、何年越しかの悪戯がバレてしまったかのように、くしゃっと笑った。

「……し、知ってた？」

「いくら鈍くてもわかるだろ。高校生のときに〝キスしたい〟って迫られてるんだぞ、俺は」

「れ、練習……」

「ベロちゅーねだっといて何が練習だ」

「っ」

「好きな子に〝物足りない〟って要求される思春期男子の気持ち、考えたことあんのか」

「……」

打ち明けたことが秘密でもなんでもなかったことがわかり、うなだれる。礼は一臣の手を摑んだまま、とぼとぼと歩き出す。

「いや、でもさっきの告白は嬉しかったぞ。かわいかった」

「もういい……」

「いじけるなよ、めんどくさい」

にべもない物言いにイラッとする。腹が立ったから、もう一つの真相は秘密にしておく。

礼がどうして、マーケティング部からの異動を希望したのか。

同じ部にいたらドキドキしすぎて仕事にならなかった。……なんて言ったら、絶対に一臣は締まりなく笑って「馬鹿だな」って言うから、言わない。

礼が一臣の手をひいていたはずなのに、一臣の歩幅が大きくて、いつの間にか手をひかれるようにして歩いていた。

それにしても、と彼は切り出す。

「もう、家と外で呼び方が変わることもないんだな」

「呼び方？」

「ギャップが楽しめなくなるのは、ちょっとだけ惜しい気もするけど」

「……うん？」

言われている意味がよくわからずに、ただ強く握りなおされた手を握り返した。ちょうど太陽が高く昇っていて、一臣の顔に影を落としていたが、わかる。

「今日は礼が〝潮見〟でいられる最後の日だろ？」

笑っていた。

終

あとがき

突然ですが私はヒロインが大好きです。このお話に限らず、ちょっとこじれていたり、思いや行動が少しだけ過剰だったりするヒロインが大好きです。超萌えます。書くのも読むのも好きでたまりません……！

そんなヒロイン至上主義が高じてできたのが本作、『イケメン兄弟から迫られていますがなんら問題ありません。』です。楽しんでいただけましたでしょうか……？　お手に取っていただき本当にありがとうございます。兎山（とやま）もなかと申します。前作の『編集さん（↑元カノ）に謀られまして　禁欲作家の恋と欲望』に続き、二冊目の蜜夢文庫さんです！（嬉しい……！）

ＳＨＡＢＯＮ先生が描いてくださった表紙、ほんとに夢のようなシチュエーションですよね……！　表紙のラフを見せて頂いたときは、一臣がイケメンすぎて会社で咽（むせ）ました！（笑）こんな美形兄弟から迫られるオイシイ状況にも関わらず、「問題ありません」と言ってまったく相手にしないクールな女子が書きたかったのです。実際は問題だらけで、礼の詰めは甘すぎたわけなんですが……。ＳＨＡＢＯＮ先生には、主人公のそんな完璧じゃない部分まで素敵に表現いただけたと思います。本当にありがとうございました！

そして、文量の多い原稿にお付き合いくださった担当様。今回も修正の段階でたくさん相談に乗っていただきました。ありがとうございます！　特に、兄弟のどちらと結ばれるかわからないなか、それぞれとどこまでしていいものか？　という点で悩み……。読者様には、どちらとくっつくのか、ドキドキしながら読んでいただけていたら嬉しいです。

それから、直接のやり取りはなくとも、本作にお力添えいただいた皆様、本当にありがとうございます。いつも応援くださる方にも、心の底から感謝が尽きません……！　昨年デビューさせていただいて何作かお届けさせていただきましたが、こうして本でお届けできる喜びはひとしおです。

最後に、ここまで読んでくださったあなた様に最大級の感謝を込めて。ありがとうございました！　またどこかでお目にかかれますように！

兎山もなか

このまま挿れてしまおうか…
ダナ・れれは想定外.